MICHEL LÉVY FRÈRES, ÉDITEURS
RUE AUBER, 3, ET BOULEVARD DES ITALIENS, 15
A LA LIBRAIRIE NOUVELLE

PRIX : **50** CENTIMES   PRIX : **50** CENTIMES

CANAILLE ET COMPAGNIE

DRAME EN CINQ ACTES ET DIX TABLEAUX DONT UN PROLOGUE

PAR

CLAIRVILLE, SIRAUDIN ET VICTOR KONING

REPRÉSENTÉ POUR LA PREMIÈRE FOIS, A PARIS, SUR LE THÉÂTRE DE L'AMBIGU-COMIQUE,
LE 31 DÉCEMBRE 1873.

DISTRIBUTION DE LA PIÈCE

MARTEL	MM. PAULIN MÉNIER.	NICOLAS	M. DROUIN.
MARCELLI	VILLERAY.	GERMAINE	Mmes ESTHER-MELVIL.
FABRICE	FAILLE.	LAURE	J. PAZZA.
MAURICE	ALBERT LAMBERT.	MATHILDE	J. DEBAY.
LE COMTE DE NERVAL	SULLY.	DARDOUILLETTE	RIBEAUCOURT.
POLIDOR	MONTBARS.	MADELEINE	MARION.
LAMBERT	LIBERT.	MADAME BEAUMÉNIL	B. BURY.
BALUCHET	BESSAC.	MADAME MONTGALLET	DE GERAUDON.
CORNARDIN	LÉON NOEL.	MADAME LEGENDRE	V. AUBLANC.
CHAPOULOT	MICHEL BORDET.	PREMIÈRE FEMME DE CHAMBRE	EUGÉNIE.
GOBLOT	DESJARDINS.	DEUXIÈME FEMME DE CHAMBRE	ALICE.
AMBROISE	ABEL-BRUN.		

S'adresser pour la mise en scène, à M. MICHEL BORDET, régisseur dudit théâtre, et pour la musique à M. FOSSEY, chef d'orchestre.

ACTE PREMIER

PROLOGUE

Premier Tableau.

Le théâtre représente la cour de la Mairie de la rue d'Anjou Saint-Honoré. — A droite, dans l'angle au fond, le vestibule qui est aperçu à droite en entrant. A gauche, la porte qui conduit aux Élections et aux Décès. Les entrées se font par la droite à l'avant-scène.

SCÈNE PREMIÈRE

POLIDOR, ensuite NICOLAS, CORNARDIN et sa noce, puis DARDOUILLETTE, puis BALUCHET, puis MADELEINE, FEMMES et HOMMES DU PEUPLE, BOURGEOIS et BOURGEOISES, allant et venant, EMPLOYÉS DE LA MAIRIE, etc., etc.

POLIDOR, *traversant et s'adressant à un employé.* Pardon, monsieur, savez-vous si la noce Cornardin est arrivée?

L'EMPLOYÉ. Non, monsieur, mais il n'y a qu'une salle des mariages, et cette porte à droite vous y conduit.

POLIDOR. Merci, monsieur.

Il sort en montant le vestibule.

L'EMPLOYÉ. Tiens, il est bien honnête celui-là.

NICOLAS, *conduisant une noce.* La salle des mariages, par ici! par ici!

CORNARDIN, *qui conduit une mariée.* Merci, jeune homme, mais nous la connaissons, ne vous dérangez pas!

NICOLAS, *à part.* Chou-blanc! en v'là un cancre!

UN MONSIEUR *pressé, à Cornardin.* Pardon, monsieur, j'ai une déclaration à faire.

CORNARDIN. Est-ce pour un mariage, une naissance?

LE MONSIEUR. Non, monsieur, au contraire.

CORNARDIN. Eh! monsieur, vous choisissez bien! voyez! cherchez!... moi je ne sais pas.

NICOLAS, *à l'homme.* Venez, monsieur, c'est par là.

Il sort avec lui.

CORNARDIN. A-t-on jamais vu, s'adresser aux mariages, pour demander....

POLIDOR, *rentrant.* Eh! le voilà.

CORNARDIN, *lâchant la mariée.* Monsieur Polidor. Ah! que c'est aimable à vous! (A la mariée.) Ma nièce... (Au marié.) Mon cher Chamoiseau, et vous tous mes amis, j'ai l'honneur de vous présenter monsieur Polidor, le gérant de la grande société des pâturages de la Sologne.

Tout le monde salue.

Ah! que c'est donc aimable à vous!

POLIDOR, *rendant les saluts.* Pouvais-je ne pas me rendre à l'appel de notre principal actionnaire, mais on vous attend, je crois, il y a déjà plusieurs noces là haut.

CORNARDIN, *reprenant la mariée.* Diable!.. Dépêchons-nous... dépêchons-nous! La main aux dames.

POLIDOR, *sortant le dernier.* La mariée est jolie, allons, je ne m'ennuierai pas trop.

NICOLAS, *rentrant en comptant de l'argent.* Six sous, ça n'est pas la Californie, mais de sou en sou, ça me fait déjà trois francs depuis ce matin.

Ici l'on voit traverser un baptême.

NICOLAS. Le bureau des naissances... par ici! par ici! Oh! le superbe enfant!.. (A la marraine qui le tient.) C'est un garçon?..

LA MARRAINE. Non, monsieur, c'est une petite fille.

NICOLAS. Oh! alors la superbe petite fille! En voilà une qui fera des malheureux! (A la porte.) C'est là!

LE PARRAIN, *lui donnant de l'argent.* Merci, mon garçon.

NICOLAS. Cinquante centimes, mazette!.. c'que c'est que la flatterie; quand j'conduis un baptême, je trouve l'enfant magnifique; quand j'conduis une noce, je trouve la mariée ravissante, et quand j'conduis quelqu'un à ce bureau-là, je pleure : flatter tout le monde, ça ne fait de peine à personne, et ça rapporte à bibi.

Ici Dardouillette traverse.

Tiens! Dardouillette!

DARDOUILLETTE. Nicolas!

NICOLAS. Est-ce que tu te maries? ous qu'est ta fleur d'oranger?

DARDOUILLETTE. Non, en fait de mariage, je suis citée chez le juge de paix.

NICOLAS. Pourquoi ça?

DARDOUILLETTE. Pour avoir déménagé à la cloche de bois sans payer mon propriétaire.

NICOLAS. Tiens, comment que t'as donc fait? C'est bon à savoir.

DARDOUILLETTE. C'est Lambert et Victor qui m'ont déménagée par la fenêtre, et quand y n'y a plus rien eu dans la maison, j'ai remis la clef au portier en lui disant de prendre garde aux voleurs.

NICOLAS. Et on te chagrine pour ça? Ah! malheur!

DARDOUILLETTE. Oh! moi tu sais, — Je ne suis pas embarrassée... J'vas dire au juge de paix que le propriétaire voulait me séduire et que j'ai sauvé mes meubles pour sauver ma vertu.

NICOLAS. Y n'te croira pas.

DARDOUILLETTE. Y croira toujours que ma vertu s'est sauvée; et toi, qu'est-ce que tu fais là?

NICOLAS. C'est mon jour de mairie, car le samedi c'est principalement le conjungo qui donne, et y n'y a rien de généreux comme les nouveaux mariés.

DARDOUILLETTE. Oui, tu es un malin, toi. Bonne chance.

NICOLAS. Et toi aussi!

DARDOUILLETTE, *sortant.* Merci!

CORNARDIN, *revenant.* C'est intolérable!.. trois noces avant la nôtre!... et c'est d'un petit là-dedans!.. il y a des mariées dans les salles, dans les couloirs et dans les escaliers. Heureusement que monsieur Polidor cause avec ma nièce... il ne s'aperçoit pas de la chaleur qu'il fait dans cette fournaise conjugale... et le maire qui n'est pas encore arrivé.

NICOLAS, *regardant sur la montre de Cornardin.* Il n'est pas en retard.

CORNARDIN. Eh bien, ne vous gênez pas.

NICOLAS. Ça ne commence qu'à onze heures.

CORNARDIN, *s'éloignant.* Eh bien, en l'attendant, je vais fumer un cigare et prendre un bock.

NICOLAS, *apercevant un homme qui traverse.* Tiens, Baluchet! où donc que tu vas?

BALUCHET. J'vas retirer ma carte d'électeur.

NICOLAS. Ah! ah! bah! t'es électeur maintenant?

BALUCHET. Eh bien, monsieur du Gosse, est-ce que j'ai pas l'âge?

NICOLAS. Oh! si, mais entre nous, je m'étais laissé dire que, vu le décolleté de tes principes et les espiégleries de ta jeunesse, tu avais un dossier à la...

BALUCHET, *sortant.* Je n'en ai plus!

NICOLAS. Ah! alors, il y a encore des beaux jours pour la France.

MADELEINE, *entrant.* Tiens, Nicolas!..

Se retournant et apercevant Madeleine qui entre en tenant un enfant.

NICOLAS. Madeleine avec un poupon, est-ce que t'es nourrice?

MADELEINE. Y a-t-y beaucoup de mariages aujourd'hui?

NICOLAS. La mairie en est pleine. Mais tu ne me fais pas l'effet d'être de noces.

MADELEINE. Non; ils sont passés mes jours de fête... Ah! malheur!... penser que j'ai eu une maisonnette aux Champs-Elysées.

NICOLAS. Ah! oui, je la connaissais.

MADELEINE. Comme on dégringole vite.

NICOLAS. T'es pourtant pas mal encore.

MADELEINE. Ah! si seulement je pouvais un peu me requinquer.

NICOLAS. Mais qu'est-ce que c'est donc que ce mioche-là?

MADELEINE. Je l'ai loué.

NICOLAS. Tu l'as loué!

MADELEINE. Oui... à Thérèse Robert.

NICOLAS. Pourquoi ça?

MADELEINE. C'est un truc que j'ai trouvé... un enfant, ça intéresse les jeunes mariées, et quand j'peux m'adresser à l'une d'elles...

Ici un grand bruit au dehors.

NICOLAS. Oh! oh! Qu'est-ce que c'est que ça? des voitures plein la rue...

MADELEINE. C'est une grande noce.

NICOLAS. C'est même deux noces, car j'aperçois deux mariées, et dire que tu m'as fait manquer l'arrivée... chaud! chaud! dépêchons.

MADELEINE, *seule.* Oh! les plus riches ne sont pas toujours les plus généreux, et puis ces mariées-là sont trop entourées; — Voyons pourtant...

SCÈNE II

MADELEINE, MARCELLI, LE COMTE DE NER-
VAL, MAURICE, BOURDIN, notaire, LAURE,
MATHILDE, en mariées toutes deux. GERMAINE, MES-
DAMES BEAUMÉNIL, MONTGALLET, LE-
GENDRE, et TÉMOINS, INVITÉS. — Les deux noces entrent
confondues, les deux jeunes mariées marchent ensemble.

NICOLAS. De ce côté, la salle des mariages, suivez-moi.

CORNARDIN, qui est rentré. Comment, vous suivre?.. N'entrez pas, mesdames, n'entrez pas! Je suis d'une noce qui attend sur l'escalier, il y en a trois avant la mienne, et si vous
voulez ne pas étouffer, vous ferez bien d'attendre ici!

CHAVINARD. Dans la cour... Ah! par exemple! rester là,
je vais voir...   Il sort.

LE COMTE. Heureusement que le temps est beau..

MADAME BEAUMÉNIL. Et que la cour est fermée.

MATHILDE. Mais quel heureux hasard!.. nous savions
bien nous marier le même jour, mais nos deux noces se rencontrer à la porte de la mairie.

MARCELLI. Vous voyez, mon cher Maurice, que je ne vous
ai pas trompé, et qu'il m'était impossible d'être votre témoin, puisque ma pupille se trouvait engagée, et que j'avais
l'honneur de l'accompagner au mariage de monsieur le
comte.

GERMAINE. C'est la faute de Mathilde, se marier le même
jour que Laure, mettre mon amitié à cette épreuve, d'avoir à
choisir entre mes deux meilleures amies.

LE COMTE. Oh! maître Bourdin, que faites-vous donc ici?

BOURDIN. Vous le voyez, monsieur le comte, je remplace
le père de la mariée.

CHAVINARD, revenant. Ce monsieur avait raison — impossible de pénétrer, mais le maire vient d'arriver.

MADAME MONTGALLET. Oh! alors, nous pouvons attendre.

MADAME LEGENDRE. En nous promenant.

MADAME MONTGALLET. Oui, cela manque de siège.

Ici des groupes se forment qui causent entre eux, tandis que d'autres personnages se promènent.

LE COMTE, qui a rejoint Maurice. Mon cher monsieur Maurice,
nous épousons le même jour deux amies de pension, souvent
nous nous sommes rencontrés au parloir du pensionnat, et
le hasard qui nous réunit encore à la même heure en ce
bienheureux jour me fait espérer que nous partagerons à
l'avenir, l'amitié qui déjà unit nos fiancées.

MAURICE. Vos paroles, monsieur le comte, me pénètrent
de reconnaissance, mais nos positions sont tellement diffé-
rentes; simple caissier chez monsieur Marcelli, j'épouse une
jeune fille sans fortune, et je craindrais, même pour elle, la
fréquentation d'un trop grand monde.

LE COMTE, quittant l'avant-scène et remontant avec Maurice. C'est
parler sagement, mais vous verrez que chez moi, votre com-
pagne ne trouvera que l'exemple de la plus grande simplicité.

Pendant qu'ils remontent Mathilde est descendue avec Laure.

MATHILDE. Ainsi tu adores ton mari?

LAURE. L'épouserais-je sans cela.

MATHILDE. Moi, j'aime bien aussi le mien, mais ce que
j'adore dans le mari, c'est surtout le mariage, c'est-à-dire la
liberté, c'est-à-dire le droit de vivre et d'agir à ma fantaisie.
Toi, tu as été élevée dans le grand monde, rien ne t'étonne,
moi j'ai tout à connaître, et si tu savais comme je suis
pressée..

LAURE. Tu es folle!..   Elles remontent.

MARCELLI, qui a suivi les deux mariées. Ces deux femmes sont
charmantes, je ne sais laquelle des deux je préférerais; la
femme de mon caissier me plairait volontiers, mais si je voyais
souvent la comtesse... il me semble....

NICOLAS, au fond. Je connais votre cocher, je vais faire
avancer les voitures.

Ici toute une noce sort de la mairie et traverse la scène sur les pas de Nicolas.

CHAVINARD. Ah! le premier mariage est expédié.

LE COMTE, gaîment. Bravo, mesdames, l'escalier nous appartient.

MADAME MONTGALLET. Va pour l'escalier.

MADAME BEAUMÉNIL. Nous serons assises du moins.

MADAME MONTGALLET. Sur l'escalier!.. et nos toilettes?

MADAME LEGENDRE. À la guerre comme à la guerre!

CHAVINARD, la prenant par la main. Oh! belle dame, ne parlez
pas de guerre un jour de mariage!

                                        Sortie générale.

SCÈNE III

GERMAINE, seule; ensuite MARCELLI.
Elle a laissé sortir tout le monde cachée dans un coin.

GERMAINE. Les suivre!.. être témoin de cet odieux mariage!.. Non, cette souffrance est au-dessus de mon courage. Ainsi, c'est elle qui l'emporte, malgré tout ce que j'ai
dit, malgré tout ce que j'ai fait. Il ne s'est même pas aperçu
de mon amour pour lui. — S'en apercevoir, oh! non, elle
était là, elle, cette Laure qui pendant toutes nos études m'a
toujours dominée; qui toujours l'a emporté sur moi! Qui
était la plus sage? Laure. — Qui était la plus méritante? —
Laure. — Qui était la mieux récompensée? Laure, — Et
aujourd'hui qui épouse celui que j'aime? Elle, toujours elle!
(Ici l'on voit reparaître Marcelli.) Et j'ai voulu lutter, j'ai cru par
l'adresse, par la ruse, mais que pouvais-je?... à moins de me
trahir, à moins de me perdre... d'avouer mon fatal secret.

MARCELLI, qui s'est approché d'elle. Germaine!

GERMAINE. Ah!

MARCELLI. Vous restez seule ici!.. à quoi pensez-vous
donc?

GERMAINE. Mais... à rien... j'attends... On dit les salles
encombrées... et je préfère...

MARCELLI. Ma chère pupille, ne cherchez pas à me
tromper.

GERMAINE. Moi!

MARCELLI. Voilà bien longtemps que je vous observe, et
dans votre intérêt, dans le mien... je dois vous dire....
prenez garde!...

GERMAINE. Que je prenne garde!.. Pourquoi?

MARCELLI. Parce que... vous allez passer une journée
terrible.

GERMAINE. Moi! je vais....

MARCELLI. Il fallait assister de préférence au mariage de
Mathilde. — Vous n'eussiez pas été témoin du bonheur d'une
rivale.

GERMAINE. Ah! vous avez deviné.

MARCELLI. Oui, Germaine... oui!

GERMAINE. Eh bien! c'est vrai... Oh! regardez-moi bien...
cet amour, que je voudrais arracher de mon cœur, je vous
l'avoue — et suis-je coupable de le ressentir? J'étais jeune,
j'étais riche, et je me croyais belle aussi ... Pourquoi, donc
cet homme ne m'a-t-il pas vue, pourquoi n'a-t-il eu des yeux
et un cœur que pour une femme que je déteste?.

MARCELLI, effrayé. Germaine!... (après un silence.) Assuré-
ment, je le regrette, mais précisément à cause de votre jeunesse, de vos charmes, de la fortune que vous possédez.

GERMAINE. Eh! ma fortune! ma fortune! je la donnerais
pour rompre ce fatal mariage.

Ici Madeleine paraît à l'avant-scène. — Au même instant Polidor descend
les marches du perron, traverse et sort par la droite.

MARCELLI, ne voyant que Polidor. Quelqu'un, taisez-vous!...
Eh! mais c'est l'homme que je cherche... Remettez-vous, Germaine, je vous rejoins...

Il sort sur les pas de Polidor. — Germaine est restée immobile.

MADELEINE, s'approchant d'elle. Vous voulez rompre un mariage, dites-vous?... Donneriez-vous bien... trois mille francs
pour cela?

GERMAINE. Trois mille francs! Qui êtes-vous?

MADELEINE. Peu importe, si pour trois mille francs j'empêche cette union qui vous déplaît.

GERMAINE. L'empêcher!... l'empêcher!...

MADELEINE. Prenez garde! on nous observe! Venez,
venez!

Elles sortent par la droite à l'avant-scène.

NICOLAS, reparaissant au fond. Faut-il vous aller chercher des
voitures, bourgeois?

Ici l'on voit une noce d'ouvriers sortir de la mairie.

CORNARDIN. Des voitures, Cadet, pour qui nous prends-
tu? Les voilà, nos voitures!

Il montre ses jambes et sort gaîment avec la noce. — Pendant cette passade,
Marcelli est rentré avec Polidor.

SCÈNE IV

MARCELLI, POLIDOR.

POLIDOR. Ah! vraiment, vous assistiez à cette assemblée!

MARCELLI. Oui, comme curieux seulement.

POLIDOR. Et vous trouvez que je m'en suis tiré?...

MARCELLI. En homme fort habile... faire croire à des ac-

tionnaires que l'on peut tranformer en riches pâturages les
plaines arides de la Sologne.

POLIDOR. Oh! j'avais étudié mon sujet... vous avez entendu mes descriptions : le déboisement des forêts, le drainage, le paccage, l'engrais par le guano...

MARCELLI. Oui, oui, c'était fort savant, mais il est impossible de mieux se moquer des gens...

POLIDOR. Oh! des actionnaires!...

MARCELLI. Je vous ai cherché depuis.

POLIDOR. Vous, monsieur?

MARCELLI. Vous ne me connaissez pas?

POLIDOR. Non, je ne crois pas.

MARCELLI. Eh bien, venez un de ces matins causer avec
moi, nous ferons plus ample connaissance.

POLIDOR. Volontiers, mais..

MARCELLI. Vous me connaissez au moins de nom... Marcelli, banquier.

POLIDOR. Oui, certes! et je suis honoré.

MARCELLI. C'est bien, je vous attends, à bientôt.

POLIDOR, saluant. Comptez sur mon empressement! (Sortant.)
Tiens, tiens, je crois que j'ai bien fait de venir à la noce.

SCÈNE V

MARCELLI, seul, ensuite GERMAINE.

MARCELLI. Où est donc Germaine?... Ah! cette jeune fille...
quel caractère...! et plus je l'étudie, plus je la redoute...

Germaine qui rentre en regardant derrière elle.

GERMAINE. Ah! vous voilà!

MARCELLI. Comme vous êtes pâle!

GERMAINE. Je suis pâle!

MARCELLI. Vous sentez-vous indisposée? voulez-vous que
nous partions?

GERMAINE. Non! non! au contraire! maintenant, je me
sens mieux..., nous pouvons entrer.

SCÈNE VI

CHAVINARD, LE COMTE, LAURE, MESDAMES BEAUMÉNIL, MONTGALLET, LEGENDRE, DUPERRIER, TÉMOINS et INVITÉS.

CHAVINARD. Non, pour un empire, je ne resterais pas une
minute de plus dans cette étuve; monsieur Marcelli, ah!
que vous avez bien raison de causer en plein air!...

GERMAINE. J'exprimais à mon tuteur la joie que me causait le bonheur de Laure.

LAURE. Chère Germaine!

CHAVINARD. Et pendant ce temps-là, moi je suffoquais,
dix minutes encore, et Laure n'avait plus d'oncle pour la
conduire à l'autel.

LAURE. Mais Mathilde ne s'étonnera-t-elle pas que nous
la quittions au moment...

CHAVINARD. Mathilde n'arrive encore qu'en troisième, et
nous après. Soyez tranquille, j'ai compté le temps que dure
la cérémonie, cela varie entre huit et dix minutes en comptant les entrées et les sorties.

LE COMTE, souriant. Et quand la mariée n'hésite pas trop à
répondre.

CHAVINARD. Il ne faut pas compter là-dessus. Généralement, elles n'hésitent pas, (Galamment.) et j'espère bien que
Laure fera comme elles.

LAURE. Mon oncle...

CHAVINARD. Ah! c'est un beau jour que celui-ci!

GERMAINE, à part regardant le comte qui parle à Laure. Ah! le voir
ainsi lui parler, lui sourire.

Une deuxième noce sort de la mairie et traverse la cour sur les pas de Nicolas.

LE COMTE, à Chavinard. Ah! maintenant, cher oncle, si nous
voulons assister au mariage de Maurice.

CHAVINARD. Mais il y en a encore un avant le sien.

LE COMTE. Voulez-vous que nous arrivions au milieu de
la cérémonie? Après avoir attendu, ne nous faisons pas attendre.

CHAVINARD. Vous le voulez, soit! mais je vous rends responsable de mes jours.

LE COMTE. Nous en répondons. Allons, mes amis, mesdames... (Prenant la main de Laure.) Cher oncle, la main à la mariée.

Au moment où tout le cortège s'est reformé et où le comte présente Laure à
Chavinard, Madeleine sort de la coulisse.

SCÈNE VII

LES MÊMES, MADELEINE.

MADELEINE, déposant l'enfant qu'elle tient aux pieds de Laure. Puisque
vous allez épouser le père, chargez-vous donc d'élever
l'enfant!

Elle se sauve.

TOUS, reculant. Oh!

LAURE, s'évanouissant. Ah!

LE COMTE, la recevant dans ses bras. Ciel! Laure...

CHAVINARD. Ma nièce!

LE COMTE. Courez! courez! après cette femme!

Grand mouvement. Le comte, Chavinard, Germaine et toutes les dames entourent Laure. — Marcelli et quelques hommes entourent l'enfant resté à
terre.

ACTE DEUXIÈME

Deuxième Tableau.

Un petit salon chez le comte de Norval. — Porte au fond. — Portes latérales.

SCÈNE PREMIÈRE

LE COMTE, seul.

LE COMTE, assis sur un canapé une lettre à la main. Non, je ne connais rien de plus lâche, de plus odieux qu'une lettre anonyme, et depuis quinze mois toujours la même écriture...
J'ai voulu ne plus lire ces lettres, je les déchirais avec mépris. Et puis la curiosité, un sentiment inexplicable de crainte,
de colère, de jalousie, l'espoir de découvrir l'auteur de ces
lettres infâmes... Voyons, cherchons encore...

Lisant.

« Mon cher comte.

» Malgré le peu de cas que vous faites des conseils d'un
» ami, il ne renoncera pas à soulever le bandeau qui couvre
» vos yeux. Votre charmante petite comtesse est encore allée
» chez sa tendre amie, madame Maurice, la femme d'un petit
» caissier à 7 ou 8,000 francs de traitement et qui porte des
» dentelles et des diamants comme une princesse ou une
» chanteuse d'opérette.

» Vous ne pouvez ignorer que l'existence de cette femme
» est un scandale; mais vous ignorez peut-être que votre
» chère petite comtesse prend aux récits que lui fait son
» amie de ses conquêtes et de ses intrigues, le plus vif intérêt. Me croirez-vous si je vous dis que la belle Mathilde
» protège les amours d'un noble et beau jeune homme fort
» tendrement épris de votre femme et que, s'il n'y prend
» garde, avant peu le comte de Nerval n'aura plus rien à reprocher au caissier Maurice. »

Oser parler ainsi de Laure! c'est qu'à côté du mensonge,
la vérité apparaît. Cette Mathilde joue en effet un rôle indigne
qui déjà déshonore son mari et je ne dois plus permettre à
ma femme de la voir. (Un domestique entre.) Que me veut-on?

LE DOMESTIQUE. Le notaire de monsieur le comte, monsieur Bourdin, demande à lui parler.

LE COMTE. Qu'il entre.

SCÈNE II

LE COMTE, BOURDIN.

LE COMTE. Mon cher monsieur Bourdin.

BOURDIN. Monsieur le comte.

LE COMTE. Asseyez-vous, je vous prie.

BOURDIN. Je suis porteur d'une bonne nouvelle.

LE COMTE. Vraiment. Parlez donc, je vous écoute.

BOURDIN, prenant un siège. J'ignorais, monsieur le comte, que
vous eussiez des parents à Calcutta.

LE COMTE. A Calcutta!

BOURDIN. Un frère de madame la comtesse, je crois.

LE COMTE, réprimant un geste de réprobation. Ah!

BOURDIN. Frère de mère seulement, car il ne portait pas
le même nom de famille.

LE COMTE. Oui... je sais... (A part.) Heureusement!

BOURDIN. Ce frère est mort.

LE COMTE, réprimant un mouvement de joie. Ah !

BOURDIN. Il est mort il y a six mois, en laissant à sa sœur un héritage de 500,000 francs.

LE COMTE, avec embarras. 500,000 francs... Mais comment savez-vous...

BOURDIN. Tout simplement par un homme d'affaires de Calcutta, qui m'écrit pour m'annoncer un testament de monsieur Paul Davenay qui constitue madame Laure de Melvil, son héritière... A l'envoi en possession se trouvent jointes des traites sur les principaux banquiers de Paris.

LE COMTE, très-froidement. Maître Bourdin, je ferai part à madame la comtesse de cette fortune inattendue... Ma femme n'a jamais connu ce frère parti pour les Indes, il y a plus de quinze ans, j'ignorais moi-même qu'il fût riche, et depuis longtemps je le croyais mort.

BOURDIN, se levant aussi. Faudra-t-il vous apporter ces traites ?

LE COMTE. Non... dans quelques jours, je passerai à votre étude, je verrai.

BOURDIN. A vos ordres, monsieur le comte, à vos ordres.

LE COMTE, le reconduisant. Je vous remercie de vous être dérangé, mon cher monsieur Bourdin.

BOURDIN, au moment de sortir, à part. Singulière manière de recevoir 500,000 francs...

SCÈNE III

LE COMTE, LAURE.

A peine le comte est-il seul qu'il court à la porte de droite.

LE COMTE, appelant. Laure! Laure !

LAURE, entrant. Silence, parle plus bas, Berthe vient de s'endormir.

LE COMTE. J'ai une étrange nouvelle à t'annoncer.

LAURE. Ah! mon Dieu!...

LE COMTE. Ne t'alarme pas... Tu n'as plus à redouter le retour de ton frère.

LAURE. Tu as appris...

LE COMTE. Deux nouvelles à la fois, et je t'assure que la seconde m'est plus pénible que la première.

LAURE. Quoi donc... Parle.

LE COMTE. Il avait fait fortune aux Indes.

LAURE. Fortune !

LE COMTE. Et en mourant...

LAURE. Mon frère est mort?

LE COMTE. Oui, il t'a laissé un héritage de 500,000 francs.

LAURE. Oh! moi, accepter cet argent!

LE COMTE. Jamais, n'est-ce pas ?

LAURE. Jamais !

LE COMTE. Bien, ne parlons plus de cela. Les pauvres bénéficieront de ce patrimoine, et puisse Dieu en récompenser le donataire.... Dis-moi, ma chère Laure, tu es encore allée voir hier madame Maurice.

LAURE. Oui, et je l'ai trouvée, comme toujours, entourée de chiffons et en grande conférence avec sa couturière.

LE COMTE. Eh bien! Est-ce que ce luxe ne t'étonne pas un peu? son mari n'a pas de fortune.

LAURE. C'est vrai, mais en se mariant, Mathilde avait une dot de 30,000 francs.

LE COMTE. Il y a quinze mois de cela.

LAURE. Que penses-tu donc?

LE COMTE. Ce que tout le monde commence à penser.

LAURE. Mon Dieu ! où en serions-nous si nous l'avions écouté, le monde? Mais souviens-toi donc du jour où cette horrible femme...

LE COMTE. Des faits comme celui que tu me rappelles se détruisent d'eux-mêmes. Il n'a reculé notre mariage que de quelques jours. La véritable mère, en réclamant son enfant, (S'asseyent.) ne pouvait plus te laisser aucun doute. Mais en est-il de même d'une femme, de Mathilde, qui chaque jour, à toute heure, attire l'attention sur elle. Tu me parles des 30,000 francs de sa dot, mais ils n'auraient pas payé la moitié de ses diamants.

LAURE. Encore une fois que veux-tu dire?

LE COMTE. Je rougirais de me faire, auprès de toi, l'écho de tous les bruits qui circulent, mais, en faisant même la part des médisances, des calomnies, si tu veux, ces bruits ont assez de portée déjà pour qu'une honnête femme soit compromise en compagnie de Mathilde.

LAURE. Ce que tu me dis là m'attriste. Mathilde avait toujours été la meilleure de mes amies. Mais il suffit que tu m'avertisses d'un danger pour que je l'évite. Ordonne! que dois-je faire?

LE COMTE. Ecoute-moi bien, chère Laure. Tu avais deux amies à ta pension. Eh bien, autant j'approuve l'amitié qui te lie à cette bonne et dévouée Germaine, autant je redoute pour toi, non les exemples que pourrait te donner Mathilde; mais ce que ferait penser de toi une trop grande liaison avec elle. Vois quelle différence entre ces deux femmes. Mathilde est pauvre et se pare de cachemires et de bijoux. Germaine, elle, est riche, et c'est la simplicité même; tout le monde apprécie, honore, acclame la conduite de l'une ; tout le monde blâme et réprouve celle de l'autre.

LAURE. A la pension, j'étais moins liée avec Germaine, et j'avoue que malgré la tendresse qu'elle me témoigne, sans que je puisse dire pourquoi, Mathilde m'a toujours été plus sympathique; mais le bonheur rend égoïste, et depuis la naissance de notre fille, je ne vis plus que pour elle et pour toi. Tout ce qui est relations, visites, plaisirs même, me fatigue et m'importune. Nous sommes si heureux : nous aimant comme au premier jour et de plus ayant une fille que nous adorons. Il me semble que mon seul bonheur est ici, et quand je sors, je crois que je m'en éloigne, je crains qu'on ne me le vole, et même ici, je me dis quelquefois que ce bonheur est trop grand, qu'il n'est pas juste. Je me demande ce que nous avons fait pour le mériter. Et, vois si je suis folle, je ne lève pas les yeux de ce côté sans craindre que le malheur n'entre par la porte.

Ici l'on frappe à la porte du fond.

LE COMTE et LAURE, se levant. Hein !...

SCÈNE IV

LES MÊMES, MARCELLI, GERMAINE.

GERMAINE, entrant. Ne vous dérangez pas, ce n'est que nous.

MARCELLI. Pardonnez, monsieur le comte, et grondez, je vous prie mademoiselle Germaine qui commande à vos serviteurs et se permet d'entrer chez vous comme chez elle.

GERMAINE. Oh! la jolie phrase. Hein, comme il parle bien, mon tuteur. Cependant il peut avoir raison, nous vous avons dérangés, peut-être?

LE COMTE, avançant un fauteuil à Germaine. Non vraiment, et nous sommes heureux, au contraire...

GERMAINE. Nous avons plus de dix visites à faire.

LAURE. Ah! mon Dieu!

GERMAINE. C'est même ce qui justifie mon étourderie de tout à l'heure. Monsieur Marcelli donne dans trois jours un concert improvisé... une soirée d'affaires... et...

MARCELLI. ... Et mademoiselle exige que je l'accompagne chez ses fournisseurs. Or c'est en passant devant chez vous que la pensée nous vint de vous inviter en personne à cette soirée...

GERMAINE. Et puis je voulais te voir... nous avons toujours tant de choses à nous dire.

LAURE. Oh! tant de choses! Germaine ne me parle jamais que de mon bonheur, comme si elle était folle du mariage, et elle refuse tous les partis qu'on lui présente.

MARCELLI. Oh! tous sans exception.

GERMAINE. Parce qu'il ne s'en présente pas qui me convienne ; c'est justement le bonheur de Laure qui me rend difficile.

LE COMTE. Nous allons bien rarement au bal. Mais le vôtre doit faire exception et vous pouvez compter sur nous.

MARCELLI. Mille grâces, monsieur le comte. Tenez, tout à l'heure, en arrivant ici, je parlais encore à ma pupille du dernier bal où nous nous sommes rencontrés. Madame la comtesse en était la reine.

LAURE. Oh! monsieur !

GERMAINE. Oui, oui, ne t'en défends pas, mon tuteur était en admiration devant toi.

MARCELLI. Elle dit vrai, madame.

LE VALET, annonçant. Monsieur et madame Maurice.

Étonnement général.

GERMAINE. Mathilde ici... oh! C'est différent, nous ne partons plus.

SCÈNE V

LES MÊMES, MATHILDE, en riche toilette, MAURICE, bien mis, mais vêtu simplement. Depuis le prologue, Maurice a beaucoup vieilli, ses cheveux sont plus rares ; quelques-uns sont blancs.

MATHILDE, entrant la première et rencontrant Germaine. Germaine ! monsieur Marcelli !

MAURICE, s'arrêtant à la porte. Monsieur Marcelli.

MARCELLI. Entrez, entrez donc, mon cher. Vous ne nous gênez pas. Monsieur le comte sait que pour moi vous êtes un ami.

MAURICE, s'inclinant. Monsieur...

Des valets sont entrés qui ont déposé des siéges.

LE COMTE, aux hommes leur montrant des siéges. Messieurs...

MATHILDE. Nous ne restons qu'un instant. Nous sommes attendus à un concert, c'est même par une faveur toute spéciale que j'ai obtenu que mon mari m'accompagnât.

GERMAINE. Comment?

MATHILDE. C'est un véritable sauvage qui ne sort pas de chez lui ou de son bureau, et je suis la femme la plus abandonnée.

GERMAINE. Mais pour une pauvre abandonnée, sais-tu que tu es mise comme une duchesse?

MATHILDE. Oh! Tout cela est bien bon marché, va, j'ai des occasions incroyables. D'ailleurs, je rends justice à mon mari, il ne me refuse rien, que son bras quand je le lui demande.... Mais, qu'as-tu donc, Laure, tu ne dis rien?

LAURE. Je t'admire! As-tu des nouvelles de ton fils?

MATHILDE. Oui, il va beaucoup mieux.

LE COMTE. Vous aviez un enfant malade?

MAURICE. Indisposé seulement.

MATHILDE. Et votre Berthe?

LAURE. Elle sommeille en ce moment.

GERMAINE. Oh! la charmante petite fille! quelle fraîcheur, quelle santé!

MARCELLI. Germaine ne tarit pas d'éloges sur cette enfant.

MATHILDE. Voyons! Et toi, quand te maries-tu?

GERMAINE. Il n'est pas question de cela. Et pourtant depuis que mon tuteur a répandu dans le public que j'apportais en dot un million à mon mari, c'est à qui me proclame la plus adorable des fiancées.

LE COMTE. Mais, en dehors des amateurs du million, n'est-il personne que vous puissiez distinguer?

GERMAINE. Un personnage mystérieux, un héros de roman, j'aimerais assez cela. Je voudrais même aimer beaucoup quelqu'un qui ne ferait pas la moindre attention à moi.

LE COMTE. Comment?

LAURE. Y penses-tu?

MATHILDE. Pourquoi?

GERMAINE. Pourquoi? mais, parce que je serais assurée que le million n'a pas d'attraits pour lui.

LE COMTE. Mais si vous-même lui étiez indifférente?

GERMAINE. Eh bien, ce serait la lutte. Certaine de ne pas être aimée pour ma fortune, j'essaierais de l'être pour moi-même, ce serait une entreprise à tenter, un but à atteindre, une conquête à faire; et je ne sais pas si je me trompe, mais je crois que plus le héros serait indifférent plus la lutte aurait de charme.

MARCELLI, se levant. Allons, voilà Germaine qui commence ses folies. Il est temps de nous retirer.

LE COMTE se lève aussi. Tout le monde se lève. Comment, déjà!

MARCELLI. Et vous rappelant, monsieur le comte, votre aimable promesse.

LE COMTE. Vous pouvez y compter.

MARCELLI, saluant. Madame la comtesse! Vous restez, Maurice.

MAURICE. J'attends les ordres de ma femme.

MATHILDE. Partons vite.. le concert sera commencé.

MAURICE, saluant. Monsieur le comte.

LE COMTE, saluant. Monsieur.

MAURICE, saluant Laure. Madame.   Laure salue.

MARCELLI, bas à Mathilde. Demain à la maison de Neuilly.

MATHILDE. Mais pourtant.

MARCELLI. Je le veux.

Pendant ces quelques mots dits à part à l'avant-scène, tous les autres personnages sont restés au fond. Maurice saluant la comtesse, Germaine faisant une belle révérence au comte qui la salue aussi et très-amicalement.

GERMAINE. Eh! bien, mon tuteur!

MARCELLI. Me voici.

MATHILDE, du ton le plus dégagé. Au revoir, Laure, tu sais que cette visite ne compte pas.

Prenant le bras de son mari.

Sortie.

SCÈNE VI

LE COMTE, LAURE.

Restés seuls tous deux, ils redescendent lentement et comme embarrassés. La porte de gauche s'ouvre et une femme de chambre dit en s'adressant à Laure :

Madame! Mademoiselle Berthe vient de s'éveiller.

LAURE, au comte. Ah! viens, viens!

S'arrêtant au moment de sortir.

Comme tu as reçu froidement le mari de Mathilde!

LE COMTE. Le mari de Mathilde! monsieur Maurice, c'est le plus malheureux ou le plus méprisable des hommes.

Ils sortent.

Le théâtre change.

Troisième Tableau.

Une rue au Levallois-Perret. — Encoignures au fond. — Aspect d'un coupe-gorge. — A droite, un cabaret borgne. — Une vieille table et deux chaises devant.

SCÈNE PREMIÈRE

RAMONEURS, PIFFERARI, ENFANTS de toutes sortes dormant dans l'angle des murs et sur le pas des portes et des boutiques, LAMBERT.

LAMBERT, entrant. On dort ici! Allons, psitt.. la marmaille. (Tous les enfants se lèvent.) Avancez à l'ordre! (A un tout petit enfant habillé en Pifferaro.) Qu'est-ce que t'as, toi?

L'ENFANT. J'ai faim! na.

LAMBERT. Je connais ce refrain-là. Tu mangeras quand t'auras gagné de quoi.

L'ENFANT. Oui, monsieur Lambert.

LAMBERT. Tu entends, tu iras t'asseoir sur le boulevard, tu feras celui qui n'a pas mangé depuis hier, ce qui te sera facile, puisque c'est la vérité. On t'interrogera et tu diras que tu es seul au monde, que tu es venu à pied du Tyrol. On fera une quête et tu me l'apporteras. Fais attention, si tu n'as pas vingt sous, tu auras des giffles. (Lui donnant un coup de pied par derrière.) En route.   L'enfant sort.

LAMBERT, aux Pifferari. A vous autres; savez-vous vos airs?

TOUS. Oui, monsieur Lambert!

Ils se mettent tous à jouer sur différents instruments.

LAMBERT. C'est bien, c'est bien; allez du côté des Champs-Elysées. J'irai fumer un londrès par là, et si je vous trouve à jouer au bouchon, comme hier... je vous..

LES ENFANTS, se sauvant. Non, monsieur Lambert.

LAMBERT. A vous les Auvergnats, écoutez bien; voici votre programme d'aujourd'hui. Vous arrivez de Saint-Flour, du fond de l'Auvergne où vous avez tous un vieux père et une vieille mère à nourrir. Le vieux père et la vieille mère, c'est moi, ne l'oubliez pas.

LES RAMONEURS. Non, monsieur Lambert.

Ils sortent.

LAMBERT, à un grand enfant qui porte des plâtres sur la tête. Arrive ici, grand serin.

L'ENFANT. Pourquoi donc que vous m'avez changé d'état?

LAMBERT. Parce que tu changes de taille, t'es trop grand à présent pour faire un pifferaro; tu vas aller sur le pont des Saints-Pères, avec ta boutique sur la tête. — Si tu vois venir de loin un monsieur bien mis, marchant très-vite, tu te placeras sur son passage, tu le heurteras, il te bousculera, et patatras, ta boutique tombera; tu pleureras, tu crieras, le monde s'amassera et le monsieur paiera. N'oublie pas que tu en as pour 20 francs sur la tête.

L'ENFANT. 20 francs, j'en ai pas seulement pour 20 sous.

LAMBERT. Crétin! Quand c'est cassé, ça n'a plus de prix, ces choses-là.

L'ENFANT. Tiens, c'est vrai!

LAMBERT. Allons, file. (L'enfant sort en courant.) Attention, hein, ne casse rien avant d'arriver. Ouf! voilà ma journée terminée. Ils vont travailler pour moi et je vais m'amuser pour eux.

SCÈNE II

LAMBERT, FABRICE.

LAMBERT, apercevant Fabrice, qui entre en titubant. Tiens, Fabrice... Déjà dans les vignes.

FABRICE. Non... vrai... c'est pas d'aujourd'hui. C'est un restant d'hier.

LAMBERT. Il faut entretenir ça. Veux-tu que je te paye un canon?

FABRICE. J'ai jamais refusé l'hospitalité à un ami.

LAMBERT. Quelle riche nature! (Lui prenant le bras.) Allons, viens.

Ils entrent au cabaret.

SCÈNE III

NICOLAS, BALUCHET, VICTOR, AUGUSTE.
et une demi-douzaine de VOYOUS.

TOUS. Allons donc! mais non, c'est pas vrai.

BALUCHET. Mais quand je vous dis que si...

TOUS. Mais non.

NICOLAS. Quelle plaisanterie!

BALUCHET. Vous êtes tous des oies. Je soutiens que l'homme étant le roi de la création, il est né pour ne rien faire et que c'est à la femme à trimer.

VICTOR. Mais puisque la femme, c'est le sexe faible.

BALUCHET. Des blagues. — Va donc voir Bec d'Acier danser toute une nuit à l'Elysée Montmartre et trouve-moi un homme pour gigoter comme ça.

NICOLAS. Ça, c'est vrai, les femmes gigotent... mais...

BALUCHET. Si tu avais étudié ton histoire de France, tu saurais qu'à Vienne, en Autriche, les femmes sont maçons et musiciens. Elles gâchent serré, portent l'auge et la truelle, soufflent dans le trombone et ne s'en portent pas plus mal. Les femmes sont ce qu'on les fait. (Faisant le moulinet avec son bâton.) Faut savoir les dresser. V'là tout.

AUGUSTE. A-t-y des moyens, c't'animal-là.

SCÈNE IV

LES MÊMES, DARDOUILLETTE, accourant.

DARDOUILLETTE. Ah! mes enfants, cachez-moi. Je dois être poursuivie...

VICTOR. Poursuivie!

NICOLAS. Non. Y n'y a personne.

DARDOUILLETTE. Personne. Ah! Dieu du ciel, si vous saviez quelle aventure...

TOUS. Quoi donc?

DARDOUILLETTE. Figurez-vous que je passais rue du Chandelier en criant, chapeaux à vendre, habits, gilets, pantalons, lorsqu'un vieux monsieur s'approcha de moi et me dit : Madame, je vais dans le monde ce soir et je voudrais troquer le pantalon à raies que j'ai sur moi contre un pantalon noir. — C'est facile que je lui dis, et je lui montre un pantalon d'une entière noirceur, j'examine le sien, il tâte le mien, et finalement nous convenons de prix. Mais nous étions dans la rue. Comment faire? Tout à coup, le vieux avise une petite allée toute noire. Attendez-moi qu'y me dit, j'aurai bientôt fait; une minute après le vieux monsieur me tend son pantalon à raies. Mais au moment où j'allais lui donner le pantalon noir, v'là une porte qui s'ouvre au fond de l'allée, la peur me prend, une femme seule avec un homme sans... Ma foi, je me sauve...

NICOLAS. Avec le pantalon à raies?

DARDOUILLETTE. Et le pantalon noir.

NICOLAS. De sorte que le bonhomme est resté dans l'allée sans pantalon.

DARDOUILLETTE. Justement, et je me suis sauvée en criant, chapeaux à vendre.

Tout le monde rit.

SCÈNE V

LES MÊMES, LAMBERT, FABRICE, ensuite POLIDOR.

FABRICE, ivre. Oui, que je t'aime, et que je te le dis.

LAMBERT. Eh! laisse-moi donc tranquille.

FABRICE. Les amis... sont les amis... je ne te quitte plus.

LAMBERT, le poussant sur la table. Ah! tu m'embêtes!

Fabrice trébuche, tombe sur une chaise et de là sur la table où il s'endort.

Ici l'on voit un beau monsieur qui reste au fond à examiner le quartier et qui prend des notes sur un agenda.

DARDOUILLETTE. Mais dites donc, est-ce que je dois garder ça, moi?

BALUCHET. As-tu l'adresse du monsieur?

DARDOUILLETTE. Non.

BALUCHET. Alors, garde.

DARDOUILLETTE. Dame, au fait, c'est vrai, puisque...

NICOLAS, montrant Polidor. Oh! voyez donc...

VICTOR. Mazette!

AUGUSTE. Plus que ça de chic!

Tous les voyous se retirent à l'écart.

BALUCHET, faisant tourner son bâton. Je n'aime pas ce genre-là.

POLIDOR, sans s'occuper des voyous. Nous démolissons tout ce pâté-là. Nous achetons ces bicoques pour rien, et là, nous établissons l'usine à gaz.

NICOLAS. Mais, Dieu me pardonne! c'est Polidor!

POLIDOR. Hein!

TOUS. Polidor!

POLIDOR. Ah! bah! Nicolas, Lambert, Dardouillette.

DARDOUILLETTE. Comment c'est toi qui est requinqué comme ça.

POLIDOR. Ah! par exemple, si je m'attendais... Vous avez donc quitté le Terrier aux Lapins.

LAMBERT. Ousque j'ai élevé ta jeunesse!

POLIDOR. Ah! oui, je m'en souviens!

NICOLAS. Il y a bellurette.

DARDOUILLETTE. Ah çà! mais regardez-le donc. Quel aimant!

NICOLAS. On dirait un fils de famille.

BALUCHET, qui s'est approché. C'est une chaîne d'or, ça.

POLIDOR. Parbleu!

BALUCHET, faisant tourner son bâton. Faudra que je m'en fasse offrir une.

DARDOUILLETTE. Voyons, mon petit Polidor, sois franc. C'est-y que tu as dévalisé une boutique de changeur?

LAMBERT. Dévalisé, Polidor, lui qui fait des dons à la préfecture.

NICOLAS. C'est pas possible!

BALUCHET. Qu'est-ce que c'est donc que c't'histoire?

POLIDOR. Oh! un trait de probité, voilà tout.

BALUCHET. De probité... ça doit pas être amusant.

POLIDOR. Il y a quelques années, je revenais de la Gaîté, lorsque sur le boulevard Sébastopol, je heurte quelque chose avec mon pied. C'était une liasse de quatre billets de mille, attachés avec une épingle. Qu'auriez-vous fait, à ma place?

BALUCHET. Moi, je les aurais gardés.

TOUS. Ah! moi aussi!..

POLIDOR. Ah! fi! ah! pouah! moi, le lendemain, je les portais à la préfecture.

BALUCHET. Ah! malheur!

POLIDOR. Bien plus!.. j'avais ajouté un cinquième billet de 1,000 francs à la masse.

TOUS. Ajouté?

POLIDOR. La veille du jour de ma trouvaille, j'avais gagné 1,200 francs à une petite roulette clandestine du boulevard de la Chopinette.

BALUCHET. Connu! connu!

POLIDOR. Alors, voilà mon truc!.. Comme je viens de vous le dire, j'avais trouvé 4,000 *francs la veille, sur le boulevard de Sébastopol*, je vais à la préfecture et je dis que j'ai trouvé 5,000 *francs, il y a trois jours, hors Paris, sur le bord du canal de la Villette*, et comme, naturellement, personne n'avait perdu 5,000 francs sur le bord du canal, au bout d'un an et un jour, on me remit les 5,000 francs en me complimentant sur l'honnêteté de ma conduite.

DARDOUILLETTE. Hein! c'était pas bête, ça.

BALUCHET. Moi, l'idée me serait venue d'en ôter un, j'aurais dit : J'ai trouvé trois mille francs.

POLIDOR. Imbécile! ça se fait tous les jours... Tu sais bien qu'ils sont malins à la préfecture.

LAMBERT. Ah çà, que fais-tu, maintenant?

POLIDOR. Je suis dans les affaires et sur le point de me marier ; gérant de plusieurs sociétés en commandite, je dois épouser la fille d'un gogo qui ne peut plus se passer de moi, et qui souscrit à toutes les combinaisons que je patronne, ce qui me fait craindre de ruiner mon beau-père.

NICOLAS. Elles ne sont donc pas bonnes, tes affaires?

POLIDOR. Pas toutes ; tenez, si vous me voyez ici, c'est que je viens étudier un projet.

TOUS. Un projet.

POLIDOR. Je suis l'homme de paille d'un banquier, d'un grand banquier... Marcelli.

A ce moment, un homme qui venait d'entrer et qui traversait le théâtre s'arrête et répète :

Marcelli.

Puis il se mêle aux écouteurs.

POLIDOR. Il faut toujours que je lui découvre de nouvelles combinaisons dans lesquelles, naturellement, il ne paraît jamais que pour en profiter si elles sont bonnes et j'ai dans huit jours une assemblée d'actionnaires qui m'inquiète. Il s'agit de les faire souscrire. Or, il me faut une majorité et je crains de ne pas l'avoir. (Ici l'homme qui s'était arrêté au nom de Marcelli, sort du groupe. Ce personnage entre deux âges, mal vêtu, doit reproduire assez exactement le type de la gravure du mauvais sujet. En se montrant il dit : Quand on n'a pas de majorité, on s'en fait une.

SCÈNE VI

LES MÊMES, MARTEL.

TOUS. Hein!

POLIDOR. Monsieur...

MARTEL. Oh! je ne suis pas un monsieur, je ne suis personne; je passe, j'écoute, et quand il est question d'actionnaires, ça m'intéresse toujours.

POLIDOR. Vous ne me faites pourtant pas l'effet...

MARTEL. D'un spéculateur? Qui sait. Tel que vous me voyez, je connais peut-être mieux le monde financier que vous-même.

NICOLAS. Monsieur serait-il agent de change?

MARTEL. Non, mais j'ai été actionnaire.

BALUCHET. Ça se voit!

MARTEL. Et ce que j'ai de plaisir toutes les fois qu'on les fourre dedans, ces nigauds-là?

DARDOUILLETTE. Comment! de pauvres gens qui, croyant bien faire...

MARTEL. Bien faire! C'est-à-dire qu'ils veulent avoir vingt ou trente de leur argent; cinquante et cent pour cent même. L'actionnaire est un finaud qui veut faire de l'usure en comptant sur ses capacités. Aujourd'hui tout le monde se croit intelligent. Ce qui fait que tout le monde cherche à tromper tout le monde. Une foule d'imbéciles croient pouvoir s'enrichir aux dépens des Compagnies, qui ne peuvent s'enrichir, elles, qu'aux dépens des imbéciles. Si bien que les Compagnies promettent plus qu'elles ne peuvent donner, que les imbéciles donnent tout ce qu'ils ont, que les Compagnies croulent, et que tout le monde est ruiné, et ruiné par sa faute.

POLIDOR. C'est vrai... et vous me paraissez un gaillard...

MARTEL. Tenez, monsieur, vous êtes embarrassé pour une majorité. Voulez-vous que nous vous en fassions une?

POLIDOR. Que nous, qui?

MARTEL. Ces messieurs et moi... Je les stylerai, je les habillerai..

POLIDOR, les regardant tous. Une majorité d'actionnaires!, Eh! mais?

MARTEL. Donnez-moi votre adresse et j'irai causer de cela avec vous..

POLIDOR. Ma foi, monsieur, vous êtes un étrange bonhomme. Voilà mon adresse. J'aime les choses qui sortent de l'ordinaire, et je vous écouterai avec plaisir. (Tirant sa montre.) Ah! mon Dieu, midi, et je suis attendu!

TOUS. Midi déjà!

POLIDOR, sortant. Au revoir tout le monde.

TOUS. Au revoir, Polidor!

LAMBERT, sortant. Et mes élèves que j'oublie!

DARDOUILLETTE, sortant. Et mon commerce que je néglige!

BALUCHET. Et mame Alphonse qui ne vient pas! Est-ce qu'elle me ferait poser ?

Il sort en faisant le moulinet avec son bâton.

MARTEL, à Nicolas qui va sortir après les autres. Pardon, jeune homme. Pourriez-vous me dire où je trouverais un commissionnaire de ce quartier qui s'appelle Fabrice?

NICOLAS. Fabrice. Il était ici tout à l'heure, et tenez, le v'là, il dort.

MARTEL. Cet homme, merci.

Nicolas sort.

SCÈNE VII

MARTEL, FABRICE.

Martel regarde bien si tout le monde est parti, puis il s'approche de la table, prend la chaise en face de Fabrice, s'assied, et lui frappe sur l'épaule.

MARTEL. Eh! l'endormi!

FABRICE. À boire!

MARTEL. Tout à l'heure.

FABRICE. Hein, quoi? qu'est-ce que vous voulez?

MARTEL. Tu vas le savoir. Commence par te réveiller.

FABRICE. Quoi que c'est donc?

MARTEL. En 1858, n'étais-tu pas à Bordeaux ?

FABRICE. À Bordeaux. Pourquoi que vous me demandez ça?

MARTEL. Pour le savoir.

FABRICE, après un silence. Non, j'étais pas à Bordeaux.

Il se laisse retomber sur la table.

MARTEL. Tu mens.

FABRICE, en colère. D'ailleurs, qu'est-ce que ça vous fait.

MARTEL. Voyons, n' fais pas l' méchant, c'est une bonne affaire que je viens te proposer.

FABRICE. Une bonne affaire.

MARTEL. J'ai lu dans un vieux journal qui m'est tombé sous la main le procès criminel de Paul Davenay.

FABRICE, tremblant. Ah! vous avez lu.

MARTEL. Qu'as-tu donc?

FABRICE. Moi... rien... c'est le vin... je viens de dormir... ça m'a gelé.

MARTEL. Dans ce procès, tu as été appelé comme témoin.

FABRICE. Oui.

MARTEL. Et à la suite de ta déposition, Paul Davenay a été condamné à mort.

FABRICE. Ça, ça regarde les juges. D'ailleurs, c'est pas c' que j'ai dit qui l'a fait condamner... C'était déjà pas un si bon sujet, puisqu'il a été prouvé qu'il était parti avec la femme de monsieur Butler.

MARTEL. Le vapeur allait partir. Il allait rejoindre la femme... lorsque, rencontrant le mari... sans doute, il a trouvé commode de s'en débarrasser. C'est ça, n'est-ce pas?

FABRICE. J'en sais rien. — Je ne peux dire que ce que j'ai vu.

MARTEL. Oui. C'est ainsi que tu as parlé devant le tribunal, et c'est justement pourquoi je tenais à me trouver seul avec toi.

FABRICE. À cause?

MARTEL. Ah! c'est que si tu savais autre chose, il y a un bon coup à faire.

FABRICE. Un bon coup?

MARTEL. J'ai découvert que ce Paul Davenay était frère d'une comtesse de Nerval... dont le mari est très-riche...

FABRICE. Eh! bien, qu'est-ce que ça me fait à moi, tout ça?

MARTEL. Je vais te le dire. Si tu savais quelque chose, soit en bien, soit en mal, pour ou contre Paul Davenay, on pourrait faire chanter le comte.

FABRICE. Le faire chanter?

MARTEL. Eh! oui, lui faire donner beaucoup d'argent, bêta.

FABRICE. Est-ce que vous me prenez pour une canaille?...

MARTEL. Non, mais...

FABRICE. Fichez-moi la paix, vous.

MARTEL. Ne te fâche pas...

FABRICE. Fichez-moi la paix, que je vous dis.

MARTEL. C'est bon, c'est bon! je ne te croyais pas si vertueux... après ça, c'est peut-être le vin qui change ton caractère...

FABRICE, abruti. N'y revenez pas... C'est que je vous ferais arrêter, moi... A-t-on jamais vu... venir... à moi... Fabrice... venir me... comme si j'étais... Ah! n'y revenez pas... n'y revenez pas... (À la porte du cabaret.) Du vin!

Il entre.

MARTEL, regardant dans le cabaret. Tu ne veux pas me livrer ton secret. Allons! allons! c'est à refaire, il y a mal donne. Nous nous retrouverons, Fabrice .

Il sort par le fond.

Rideau.

ACTE TROISIÈME

Quatrième Tableau.

Un grand salon, attenant à une terrasse donnant sur un jardin qu'on aperçoit au fond, le tout brillamment éclairé.

SCÈNE PREMIÈRE

Au lever du rideau, une foule nombreuse se promène au fond, passant et repassant ou formant des groupes. A l'avant-scène MESDAMES BEAUMÉNIL, MONTGALLET, LEGENDRE, et quelques autres, sont assises à droite MARCELLI, va et vient très-agité et regardant toujours du côté gauche.

MADAME BEAUMÉNIL. Qu'a donc notre amphitryon : voyez comme il semble inquiet!

MADAME MONTGALLET. C'est quelqu'un qui ne vient pas et qu'il attend sans doute.

MADAME LEGENDRE. Une femme?

MADAME MONTGALLET. Ah! ma chère amie, y pensez-vous, un banquier, un homme sérieux? (*Souriant*)... Ce doit être plutôt quelque haut bonnet de la finance. Oh! ces parvenus.. quelle ostentation! donner un concert avec les meilleurs artistes, et pourquoi? pour recevoir la société la plus mêlée.

MADAME BEAUMÉNIL. Société de courtiers et d'hommes d'affaires.

MADAME LEGENDRE. Et de mesdames leurs épouses.

MADAME MONTGALLET. A propos, avez-vous entendu parler de la petite madame Duplessis, la femme du directeur des assurances, saviez-vous qu'elle eût un amant?

TOUTES, *se rapprochant*. Bah! en vérité!

MADAME LEGENDRE. Rien qu'un?

MADAME MONTGALLET. Méchante! C'était le grand scandale de la soirée Morissot.

MADAME BEAUMÉNIL. Contez-nous donc cela.

MADAME MONTGALLET. Il paraît que l'amant s'est battu pour elle?

MADAME LEGENDRE. Avec le mari?

MADAME MONTGALLET. Non, avec un autre.

MADAME LEGENDRE. Et qui a succombé?.

MADAME MONTGALLET. Personne, mais l'amant est blessé.

MADAME BEAUMÉNIL. Blessé! Pas possible! madame Duplessis est là, qui se promène.

MADAME MONTGALLET. Oh! cela n'empêche pas, au contraire, cela pose dans le monde.

MADAME BEAUMÉNIL. Moi, j'ai une amie, je ne vous dirai pas son nom.

MADAME LEGENDRE, *à part*. Ça doit être elle...

MADAME BEAUMÉNIL. J'ai une amie qui n'a qu'un désir, un rêve. C'est d'apprendre un matin par le journal qu'un jeune homme, par amour pour elle, s'est brûlé la cervelle dans un restaurant.

TOUTES. Oh!

MADAME LEGENDRE. Et dans un restaurant?

MADAME BEAUMÉNIL. Oui, c'est si poétique.

TOUTES, *riant*. Oh! poétique! poétique!

SCÈNE II

Les Mêmes, GERMAINE, BOURDIN, Foule de Jeunes Gens.

GERMAINE, *au milieu d'une dizaine de messieurs qui l'écoutent*. Non, messieurs, non, c'est impossible, vous le voyez, mon carnet est plein, j'ai inscrit plus de contredanses et de valses que je ne pourrais en danser pendant un mois.

MADAME LEGENDRE. Mais voyez donc la pupille de Marcelli, quelle cour nombreuse...

MADAME MONTGALLET. Ce n'est pas elle, c'est son million que ces messieurs voudraient faire danser.

GERMAINE, *à Bourdin*. Quoi, vraiment, Laure vient d'hériter.

BOURDIN. Un fort bel héritage, 500,000 francs qui arrivent de Calcutta.

GERMAINE. De si loin!

BOURDIN. Un frère qu'elle aurait perdu de vue.

GERMAINE. Ah!

MARCELLI, *qui était sorti, revenant*. Ah! maître Bourdin, on vous demande au salon de jeu.

BOURDIN. Ah! la partie de whist, merci.

Il sort.

MADAME MONTGALLET. Singulière jeune fille que cette Germaine.

MADAME BEAUMÉNIL. Je n'aime pas ce caractère-là.

MADAME LEGENDRE. C'est vrai, elle n'a rien d'une jeune fille.

MADAME MONTGALLET. Elle est vaniteuse, fière, hautaine.

MADAME BEAUMÉNIL. Toute la prétention et tous les ridicules que donnent la fortune.

MADAME LEGENDRE. Prenez garde! La voilà!

TOUTES, *se retournant, ensemble*. Ah! arrivez donc, chère belle.

MADAME MONTGALLET. On n'est pas plus charmante!

MADAME BEAUMÉNIL. Quelle grâce!..

MADAME MONTGALLET. Quelle simplicité!

MADAME LEGENDRE. Eh! quoi, pas un bijou.

GERMAINE, *prenant place au milieu d'elles*. Non... je laisse cela à Mathilde.

MADEMOISELLE MONTGALLET. Mathilde, madame Maurice?

MADAME BEAUMÉNIL. La femme du caissier de votre tuteur?

MADAME LEGENDRE. Il est vrai que cette dame affiche un grand luxe.

MADAME MONTGALLET. C'est donc une excellente place que celle de caissier...

GERMAINE. Ah! ce ne sont pas les appointements de son mari...

TOUTES. Bah! quoi donc?..

GERMAINE. Ah! mesdames, Mathilde est mon amie... elle avait une dot, sa famille a pu lui laisser...

MADAME LEGENDRE. Nous ne l'accusons pas.

MADAME BEAUMÉNIL. Au contraire!

MADAME MONTGALLET. Il faudrait soupçonner quelqu'un, et certainement...

GERMAINE. En pareil cas, à défaut de quelqu'un, on soupçonne tout le monde.

MADAME BEAUMÉNIL. C'est plus charitable.

MADAME MONTGALLET. Et c'est souvent plus vrai. Prenez garde, la voilà!

SCÈNE III

Les Mêmes, MATHILDE.

Mathilde, en riche toilette, est entrée sur les derniers mots.

GERMAINE, *se levant*. Ah! Mathilde!

Toutes se lèvent.

MATHILDE. Bonsoir, Germaine!

GERMAINE. Où est Maurice?

MATHILDE. Je ne sais pas... Je le crois au salon de jeu.

MADAME MONTGALLET. Un caissier!..

MADAME LEGENDRE. La femme dépensière...

MADAME BEAUMÉNIL. Et le mari joueur!

GERMAINE. Mais regardez donc, mesdames, la délicieuse, la ravissante toilette.

MADAME LEGENDRE. Madame est connue pour son bon goût.

MADAME MONTGALLET. Voyez donc, mesdames, les beaux diamants.

MATHILDE. Ils me viennent de ma grand'mère.

MADAME LEGENDRE. Et la superbe dentelle.

MADAME BEAUMÉNIL. Elle vous vient de la famille aussi?

MATHILDE. Non, c'est un cadeau de mon mari.

TOUTES. Ah! vraiment!

UN VALET, *annonçant*. Monsieur le comte et madame la comtesse de Nerval.

SCÈNE IV

Les Mêmes, LE COMTE, LAURE.

MARCELLI, *allant au-devant des personnages annoncés*. Cher comte, madame la comtesse.

MATHILDE. Bonsoir, Laure!

GERMAINE. C'est mal à toi d'arriver si tard...

LAURE. Que veux-tu, le cher bébé à endormir.

GERMAINE. Oh! ces mères de famille!

LAURE. C'est un esclavage... mais c'est un doux esclavage, je te le promets.

MATHILDE, *pendant que Laure et le comte remontent avec Germaine, bas à Marcelli*. N'est-ce pas qu'elle est bien belle?

MARCELLI, *qui regardait Laure*. Hein, qui?

MATHILDE, *riant*. Ah! mon Dieu, quelle figure!

MARCELLI. Mais que me dites-vous donc?

MATHILDE. Que la comtesse est charmante.

MARCELLI. Sans doute, mais que signifie?

MATHILDE. Vous pouviez ne pas vous en apercevoir.

UN VALET, *annonçant*. Monsieur Saint-Féréol.

SCÈNE V

Les Mêmes, MARTEL.

C'est le même homme que l'on vient de voir à Levallois-Perret sous le costume d'une espèce de mendiant, qui entre habillé de noir, cravaté et ganté de blanc, et saluant avec aisance et distinction; mais il ne s'arrête à personne, et comme l'on fait dans un bal quand on n'y est pas connu, après s'y être promené un instant, il va s'accoter le long d'un meuble ou d'un siège et regarde.

MARCELLI. Saint-Féréol...

MATHILDE, *bas à Germaine*. Quel est ce monsieur?

GERMAINE. Je ne le connais pas.

Ambroise entre et fait signe à Marcelli.

MARCELLI. Mesdames, si vous voulez passer dans la salle du concert. (*Offrant son bras à Laure.*) Madame la comtesse.

LE COMTE, *offrant le sien à Germaine*. Mademoiselle.

GERMAINE, *prenant son bras*. Vous allez voir où mon tuteur nous conduit, tout au bout des appartements, on va faire de l'harmonie dans la grande salle des assemblées, où l'on se dispute toujours.

MADAME MONTGALLET, pendant que le cortége se met en marche. Que pensez-vous de la comtesse?

MADAME LEGENDRE. Elle pose pour la naïveté.

MADAME MONTGALLET. Et pour la tendresse maternelle, c'est une sainte-nitouche.

MADAME BEAUMÉNIL. Je la crois très-hypocrite.

MADAME MONTGALLET. Mais à part ça elle est charmante.

Des cavaliers s'approchent qui leur offrent la main, elles suivent le cortége.
— Sortie générale.

SCÈNE VI

MARTEL, AMBROISE.

Quand tout le monde est sorti, Ambroise se met en devoir de ranger le salon dont les siéges sont épars. Martel se promène un instant, puis il se rapproche d'Ambroise et lui dit tout à coup :

MARTEL. Monsieur Ambroise.

AMBROISE. Tiens, ce monsieur me connaît.

MARTEL. Il y a longtemps que vous êtes au service du banquier?

AMBROISE. Trois ans.

MARTEL. Vous êtes son valet de chambre?

AMBROISE. Oui, monsieur.

MARTEL. Vous allez me donner des renseignements.

AMBROISE. Sur quoi?

MARTEL. Sur tout.

AMBROISE. Mais, monsieur.

MARTEL. Tout service mérite salaire, je sais cela... tenez.

AMBROISE, prenant. Mille francs.

MARTEL, se promenant de long en large avec Ambroise. Maintenant, dis-moi, la position de ton maître est-elle aussi solide qu'on le prétend?

AMBROISE. Je ne suis pas dans ces confidences-là; monsieur n'est pas causeur. Quelquefois j'ai cru m'apercevoir de certaines préoccupations que j'attribuais à ses opérations financières, mais vous voyez-les fêtes qu'il donne, j'ai pu me tromper.

MARTEL. Bien. Maintenant autre chose, monsieur Marcelli a un caissier?

AMBROISE. Oui, monsieur.

MARTEL. Quelle espèce d'homme?

AMBROISE. Dame... Sa femme est légère, son luxe est un scandale, elle fait des dépenses folles et... et.... c'est tout ce que je sais sur le mari.

MARTEL. Mais ton maître ne doit pas ignorer ces désordres?

AMBROISE. Oh ! non.

MARTEL. Et pourtant il garde son caissier.

AMBROISE. Oui, monsieur.

MARTEL. Et cela ne t'étonne pas un peu ?

AMBROISE. Moi, pas du tout, monsieur.

MARTEL. Ah ! c'est que tu es dans la confidence de ce mystère.

AMBROISE. Il le faut bien.

MARTEL. Eh bien, allons, parle.

AMBROISE. Monsieur est si généreux que je ne dois rien lui cacher — Monsieur Marcelli mon maître est l'amant de madame Maurice.

MARTEL. Et le mari sait cela?

AMBROISE. A moins qu'il ne voie pas clair.

MARTEL. Continue.

AMBROISE. Les rendez-vous ont lieu à Neuilly dans la petite maison de monsieur. C'est moi qui par extra conduis la voiture.

MARTEL. Parfait! Les diamants s'expliquent.

AMBROISE. Oui, monsieur, la caissière doit coûter beaucoup à la caisse.

MARTEL. Et c'est le mari qui tient les écritures.

AMBROISE. En partie double.

MARTEL. C'est charmant! (Jetant un coup d'œil à droite.) Quelqu'un !

Il se jette dans un grand fauteuil et se trouve caché. — Ambroise fait semblant de continuer à ranger.

SCÈNE VII

LES MÊMES, LE COMTE, GERMAINE.

LE COMTE, traversant au fond. Eh bien, mademoiselle, vous trouvez-vous un peu mieux ?

GERMAINE. Un peu, oui ; mais c'est singulier comme cela m'a pris tout à coup. C'est si ridicule !

LE COMTE. Non, je vous ai senti chanceler, et je vous ai retirée de cette foule.

GERMAINE. Je me crois assez forte maintenant, je vais un peu respirer l'air au jardin... Vous pouvez retourner, monsieur le comte...

LE COMTE. Non pas. — Je vous accompagne... Appuyez-vous sur mon bras.

GERMAINE. Que vous êtes aimable!　　Ils sortent.

MARTEL, à Ambroise. C'est mademoiselle Germaine, la pupille de ton maître !

AMBROISE. Oui, monsieur.

MARTEL. Deux mots sur cette jeune fille... Tu étais déjà au service du banquier quand elle a quitté le pensionnat?

AMBROISE. Oh ! certainement.

MARTEL. Savait-on ici que monsieur Marcelli avait une pupille ?

AMBROISE. Moi, je l'ignorais.

MARTEL. Elle n'est pas parente de ton maître ?

AMBROISE. Je ne sais pas!

MARTEL. Combien gagnes-tu ici?

AMBROISE. Tout compris !

MARTEL. Tout compris ?

AMBROISE. Trois mille francs.

MARTEL. Si je triplais cette somme, consentirais-tu à me tenir au courant de toutes les actions de ton maître et de celles de mademoiselle Germaine, jour par jour, et au besoin heure par heure ?

AMBROISE. Pour neuf mille francs, minute par minute si vous voulez.

MARTEL. Tu es un garçon intelligent. Ainsi, c'est convenu.

AMBROISE. C'est convenu.

MARTEL. Et maintenant, laisse-moi.

AMBROISE. Oui, monsieur. (A part.) Quel est ce monsieur-là ?

MARTEL. Tout cela est assez vague, ce valet ne m'a dit que ce que tout le monde sait... et ce Fabrice qui s'obstine... Serait-il vraiment un honnête homme? Non, même en se défendant, son trouble l'accuse, je veux le revoir encore. Examinons les localités.

SCÈNE VIII

MARTEL, LAURE, entrant très-agitée et regardant derrière elle.

LAURE. Ah ! cette fête, cette musique, tout cela m'obsède, me fatigue, et ce monsieur Marcelli qui se croit obligé comme maître de maison de faire le galant, il m'accable de ses fadeurs et mon mari que je ne vois plus nulle part.

MARTEL, qui allait sortir quand Laure est entrée et qui vient de redescendre. C'est monsieur le comte de Nerval que cherche madame la comtesse ?

LAURE. Oui, monsieur.

MARTEL. La pupille de monsieur Marcelli se trouvait indisposée, et monsieur le comte vient de la conduire au jardin

LAURE. Germaine est malade. Ah ! je vous en prie, monsieur, veuillez m'indiquer...

MARTEL. Permettez, madame, que je vous accompagne.

LAURE. Oui, monsieur.

Ils sortent par le fond.

SCÈNE IX

MARCELLI, ensuite MAURICE.

MARCELLI, paraissant au moment où Laure sort de scène. Où va-t-elle? Et cet homme... je le reconnais, c'est ce monsieur que l'on nous a annoncé sous le nom de Saint-Féréol, où vont-ils donc ainsi... (Apercevant Maurice qui traverse le théâtre.) Ah ! Maurice !

MAURICE. Monsieur...

MARCELLI. C'est vous qui avez envoyé les invitations ?

MAURICE. Oui, monsieur.

MARCELLI. Connaissez-vous un nommé Saint-Féréol, qui est ici?

MAURICE. Saint-Féréol ! non... Ah ! si fait, je me souviens, un nouveau client.

MARCELLI. Ah ! c'est un nouveau client.

MAURICE. Vous m'avez dit de les inviter tous; depuis avant-hier monsieur Saint-Féréol a déposé 100,000 francs à votre banque.

MARCELLI. 100,000 francs.

MAURICE. J'ai donc cru que je pouvais ajouter son nom à la liste.

MARCELLI. Certainement, vous avez très-bien fait. Vous allez au concert ?

MAURICE. Oui, monsieur, je vais rejoindre ma femme.

MARCELLI. Fort bien, allez, mon ami, allez. (Maurice sort.) Cent mille francs, peste, c'est un homme à ménager.

SCÈNE X

MARCELLI, LAURE, GERMAINE, LE COMTE et MARTEL.

LAURE, tenant la main de Germaine. Comment! cela t'a pris si vite...

GERMAINE. Oui, et sans ton mari qui me tenait à son bras...

MARCELLI. Qu'est-ce donc?

LE COMTE. Mademoiselle a été prise d'un malaise...

MARCELLI. Germaine...

GERMAINE. Oh! rassurez-vous, ce n'était rien... un étourdissement... la chaleur sans doute !

LAURE. Mais devrais-tu retourner...

GERMAINE. Oh! je suis tout à fait bien maintenant, et je ne veux pas qu'on remarque mon absence.

LAURE. Eh bien! reprends le bras de ton cavalier.

MARCELLI, lui offrant le sien. Madame la comtesse.

LAURE. Pardon, mais je ne quitte pas Germaine.

Elle sort.

MARCELLI. Ah! (Se retournant.) Monsieur Saint-Féréol, je crois?

MARTEL. Oui, monsieur...

MARCELLI. Je viens d'apprendre, monsieur, que j'avais l'honneur de vous compter au nombre de mes clients.

MARTEL. Je ne sais pas, monsieur, si c'est un honneur pour vous, mais j'espère que ce sera un avantage pour moi.

Tout en parlant ils sont sortis sur les pas du comte, de Laure et de Germaine.

Le théâtre change.

Cinquième Tableau.

Bureau. — Bibliothèque. — Ameublement très-simple.

SCÈNE PREMIÈRE

MAURICE, seul, en tenue de bureau. — Il entre lentement, se dirige vers le bureau, s'y assoit, prend un grand livre et l'examine et dit :

Le déficit est aujourd'hui de plus de 600,000 francs, et comment fera-t-il pour payer l'échéance de la fin du mois?... Comment s'y est-il pris pour payer jusqu'ici ? — Si la maison croulait, que deviendrais-je?... et voilà bientôt trois mois que je vis avec cette affreuse pensée, lui-même se croyait perdu. Je savais qu'il avait épuisé toutes ses ressources et à deux reprises il a trouvé à me donner 150,000 francs, où les a-t-il pris?... Le subrogé-tuteur de mademoiselle Germaine est absent... et rien ne peut m'ôter de la pensée que c'est avec la fortune de sa pupille... mais alors le retour du subrogé-tuteur... la moindre circonstance...

SCÈNE II

MAURICE, MATHILDE, en toilette de visite.

MAURICE, se retournant. Ah! Mathilde... tu sors?

MATHILDE. Oui, tu le sais bien, je rends mes visites... Ah! quel ennui, et que tu as bien fait de ne pas t'astreindre à toutes les corvées.

MAURICE. Mais la dernière lettre que nous avons reçue de Fontenay-sous-Bois n'était qu'à moitié rassurante, la fièvre avait repris et je croyais qu'aujourd'hui tu devais aller... voir notre enfant.

MATHILDE. Je le voulais... Toutes mes dispositions étaient faites, mais est-ce que je m'appartiens? Quant à la santé d'Henri, rassure-toi, j'ai vu le médecin, il n'y a aucun danger, sans cela tu penses bien que malgré tout... Demain je partirai de grand matin et j'espère te rapporter de bonnes nouvelles.

MAURICE. Et tu vas de ce pas?

MATHILDE. Oh! dans plus de dix maisons. — Au bal cette nuit c'était un concert de reproches... tu ne sais pas cela toi qui vis à ton bureau et qui a bien raison. — Le monde est un tyran, on ne peut rester d'accord avec lui qu'à la condition d'être son esclave, dans notre position surtout... Quand on dépend de lui. — Recevant ici tous les mercredis... je dois rendre les visites qui me sont faites. Ainsi, ma destinée, la voilà : m'habiller, sortir, monter des étages, frapper de porte en porte, parler pour ne rien dire! il est possible que je sois obligée de rester à dîner chez madame Beauvillier ; elle me l'a fait promettre. Si je n'étais pas rentrée à six heures, ne m'attends pas, et à ce soir.

Elle présente son front à son mari qui l'embrasse et sort. A peine est-elle sortie que Maurice fait un geste de colère, puis de désespoir, et que, retombant sur son bureau la tête entre ses mains, il se met à sangloter. Bientôt on frappe à la porte que Mathilde a fermée derrière elle. Maurice se relève vivement, prend son mouchoir, essuie ses yeux, se compose un maintien et va ouvrir.

SCÈNE III

MAURICE, UNE BONNE, ensuite MARTEL.

LA BONNE. C'est un monsieur, monsieur Saint-Féréol, qui demande à parler à monsieur.

MAURICE. Saint-Féréol, oui, oui, qu'il entre !

La bonne sort en faisant un signe. Martel entre en redingote boutonnée et le chapeau sur la tête. Il se découvre pourtant au salut que lui fait Maurice, mais sans s'incliner, en le regardant et en examinant l'aspect du bureau.

MARTEL. Monsieur, il y a quatre jours j'ai déposé entre vos mains une somme de cent mille francs.

MAURICE. Oui, monsieur.

MARTEL. Je désire me renseigner sur les affaires de votre maison de banque.

MAURICE. Veuillez, monsieur, vous adresser à monsieur Marcelli, il tiendra sans doute à votre disposition les livres.

MARTEL. Oh ! les livres... les livres...

MAURICE. Comment ?

MARTEL. Vous me comprenez, monsieur. On met ce qu'on veut sur des livres.

MAURICE. Soupçonnez-vous donc ?

MARTEL. Je n'ai rien à soupçonner, je viens me renseigner, voilà tout ; j'ai causé cette nuit avec votre patron, c'est un homme charmant, mais je me défie des banquiers qui sont charmants, et je veux savoir quelle est au juste la position d'un homme à qui je confie une partie de ma fortune ; ce n'est donc ni à votre caisse, ni à vos livres que j'ai affaire, c'est à vous, à vous seul.

MAURICE. Je ne comprends pas.

MARTEL. Vous allez comprendre ; si les informations que j'ai prises ne me trompent pas, il existe entre vous et monsieur Marcelli un degré d'intimité, de fraternité même, qui naturellement vous fait le confident de ses affaires.

MAURICE. D'intimité, de fraternité. Je comprends de moins en moins.

MARTEL. Enfin, vous tenez ses écritures, vous êtes au courant de ses négociations. Vous savez tout ce qu'il m'importe de savoir et c'est à vous que je viens le demander.

MAURICE. C'est-à-dire que si, en effet, je possédais la confiance de monsieur Marcelli, c'est moi que vous jugeriez capable de la trahir.

MARTEL. Voyons, monsieur, ne perdons pas de temps en phrases inutiles, à quel prix mettez-vous le service dont j'ai besoin?

MAURICE. Vous m'insultez, monsieur !

MARTEL. Allons donc.

MAURICE. Vous m'avez insulté, vous dis-je...

MARTEL, après un silence. Pardon. — Je ne vous savais pas l'épiderme si sensible. Je viens de voir madame Maurice monter en voiture.

MAURICE. Eh bien, monsieur.

MARTEL. Est-ce avec vos scrupules que vous payez des toilettes ?

MAURICE, se cachant la figure. Oh !

MARTEL. Généralement, on vous croit plus philosophe.

MAURICE. Assez, monsieur, assez! vous êtes le premier qui osez parler ainsi de ma femme.

MARTEL. Le premier...

MAURICE. Le premier! Eh bien, voyons, achevez. — Qu'avez-vous à me dire? Ah! pour venir me proposer un pareil marché, il faut que vous me supposiez bien infâme!..

MARTEL. Votre pâleur, l'expression de vos traits... Me suis-je trompé ?

MAURICE. Vous ne vous êtes pas trompé, je suis un misérable !

MARTEL. Monsieur !...

MAURICE. Martel le regarde et ne répond pas. Eh ! cette honte que

le premier vous avez osé me reprocher, vous serez le premier
à la connaître dans toute son étendue, et peut-être si méprisable que je paraisse aux yeux de tous, me trouverez-vous
encore plus malheureux. — J'épousai Mathilde, il y a dix-
huit mois,... elle était presque sans famille et n'avait pour
toute fortune qu'une somme de 30.000 francs... Moi, comme
vous le savez... j'avais ici, une modeste place de caissier...
mais j'aimais Mathilde... je l'aimais à tel point que dans les
premiers temps de mon mariage, ne voyant pas l'abîme qu'elle
ouvrait sous mes pas, je lui laissai la disposition de cet argent qui lui appartenait... Je n'étais pas assez aveugle pour
ne pas m'apercevoir de sa coquetterie, mais elle avait le talent
de s'en excuser à mes yeux... elle avait des amies de pension,
riches, lancées dans le monde! Pouvait-elle cesser de les
voir? Non, disait-elle!., Je cédai! Enfin, il y a six mois,
j'eus un enfant... un fils! J'espérais alors que les idées de
plaisirs, de dissipation, passeraient chez la femme, devant
les devoirs de la mère... Eh bien, non !... Bientôt elle eut
englouti dans des dépenses folles le peu d'argent qui lui
restait. Je voulus parler raison, alors... il était trop tard !...
Agir de rigueur... inutile !.. Prières, défenses, menaces...
elle bravait tout. Une fois elle arriva chez moi ayant à son
cou et à ses oreilles des diamants. — Qui les lui avait donnés?
le sais-je? — Le lui ai-je demandé? Non., non.. Un soir, je
l'attendis en vain. . Lorsqu'elle rentra elle me dit qu'elle était
allée voir son enfant... elle mentait! Et je n'ai rien dit!.. et
je n'ai rien vu !... et je n'ai rien voulu voir, et je n'ai pas
tué cette femme! Savez-vous pourquoi? parce que j'ai un enfant, et que je ne sauverais pas son honneur, si en le privant
d'une mère adultère, il devenait le fils d'un assassin !
  MARTEL. Et sans doute, vous connaissez celui...
  MAURICE. Non, je vous l'ai dit, j'ai fermé les yeux.
  MARTEL. Il faut les ouvrir. ...
  MAURICE. Mais...
  MARTEL. L'amant de votre femme, c'est monsieur Marcelli.
  MAURICE. Lui!.. oh! non, non!
  MARTEL. A quoi bon des masques! Vous venez de soulever le vôtre; arrachez-lui le sien..
  MAURICE. Lui? lui? Et vous venez me demander l'état
de ses affaires. Eh bien. (S'arrêtant.) Non... non, ce n'est pas
ainsi que je dois me venger.
  MARTEL. Ah ! tenez, sans le vouloir, vous venez de me
dire tout ce que j'avais intérêt à connaître... Je n'en demande
pas plus !... Et, maintenant, monsieur Maurice, si vous
voulez écouter un bon conseil, ne vous hâtez pas, croyez-
moi, de vous venger de cet homme, pensez encore à votre
fils avant de provoquer un scandale... Attendez encore, faites
comme moi... Voyez! j'ai cent mille francs engagés dans
votre maison. — Eh bien, je ne les retire pas, au contraire,
certain que je suis de n'avoir jamais fait un meilleur place-
ment. Quant au Marcelli. .
  MAURICE. Oh! ne me parlez pas de lui !...
  MARTEL. Au contraire... parlons-en! — Il est ruiné! — je
le sais. — Vous ne me l'avez pas dit... je l'ai deviné. — Mais
son désastre n'est pas assez complet... Je me charge de l'a.
chever !
  MAURICE, avec effroi. Quel homme étrange êtes-vous donc?
  MARTEL. Qui je suis?... Ah! oui, d'où je viens?.. où je
vais ?... Peu importe ! à vous surtout ? qu'il vous suffise
de savoir que ce Marcelli est mon but... c'est ma proie... Je
le poursuis, je le traque comme une bête fauve, et si je vous
ai dévoilé tout à l'heure ce que vous ignoriez... c'est que
j'ai voulu n'être pas le seul à aider sa chute... à le désho-
norer !...
  MAURICE. Ah ! je le tuerai cet homme !
  MARTEL. Pas encore !... Il n'est pas assez ruiné... Et
quant à ça, c'est mon affaire ! c'est mon affaire !

Il sort.

Sixième Tableau.

LA SALLE HERZ

Prise de l'estrade ; bureau, fauteuil, banquettes. — Au changement, des domestiques achèvent de placer les sièges.

SCÈNE PREMIÈRE

CORNARDIN, CHAPOULOT, UN HUISSIER; DO-
MESTIQUES, puis GOBLOT.

  L'HUISSIER, à Cornardin et à Chapoulot qui entrent. Que désirez-
vous?

  CORNARDIN, entrant suivi de Chapoulot et s'adressant à l'huissier. Est-
ce ici que se tient l'assemblée?
  L'HUISSIER. Cela dépend de laquelle. Il y a trois réunions
aujourd'hui : un grand concert vocal et instrumental.
  CORNARDIN. Pas ça.
  L'HUISSIER. La réunion des auteurs et compositeurs dra-
matiques.
  CORNARDIN. Pas ça encore.
  L'HUISSIER. Et une grande assemblée d'actionnaires.
  CORNARDIN. C'est ça.
  L'HUISSIER. Alors, monsieur, vous y êtes, et, vous le
voyez, on achève de préparer la salle.
  CORNARDIN. Merci, monsieur.
  L'HUISSIER. Mais il faudra vous dépêcher, car après vous
c'est le concert instrumental.   Il sort.
  CHAPOULOT. Voyons, monsieur Cornardin, dites-moi donc
ce que vous pensez de cette nouvelle compagnie?
  CORNARDIN. Mon Dieu, il faudra voir. — Au premier
abord c'est extravagant, ça n'a pas le sens commun; mais
justement à cause de cela, ça peut avoir un grand succès.
  CHAPOULOT. Les bénéfices sont énormes.
  CORNARDIN. Voilà ce qui me ferait me méfier. Pourquoi
de si gros bénéfices si l'affaire est bonne.
  CHAPOULOT. Mais, si elle était mauvaise, il n'y en aurait
pas du tout.
  CORNARDIN. Ce raisonnement me frappe.
  CHAPOULOT. Et puis le conseil de surveillance est très-
bien composé.
  CORNARDIN. Oui, de grands noms ; mais ces grands personnages, les connaissez-vous ?
  CHAPOULOT. Non; moi je suis dans la passementerie et
je ne fréquente pas...
  CORNARDIN. Voilà le malheur. On vous dit : le conseil
est composé du marquis un tel, du comte, machin, du prince
n'importe quoi, et les trois quarts du temps, vous avez affaire à des épiciers qui touchent un jeton de présence pour
surveiller vos intérêts, et qui ne surveillent que ce qu'ils ont
à toucher.
  CHAPOULOT. Vous croyez.
  CORNARDIN. Ça se voit tous les jours.
  CHAPOULOT. Ah! j'ai eu tort de vouloir spéculer de nouveau, vous vous rappelez dans quel état j'étais après la
déconfiture des sangsues mécaniques. Il ne me restait plus
un sou.
  CORNARDIN. Et moi donc!
  CHAPOULOT. Je n'avais plus que le pantalon que je portais
sur moi.
  CORNARDIN. Oui, et même une marchande d'habits vous
l'a emporté.
  CHAPOULOT. Comme vous dites. Je me suis trouvé sans
pantalon du tout, et à peine ma position est-elle meilleure
que malgré moi la spéculation m'attire.
  CORNARDIN. Ne vous laissez pas entraîner, tout est là.
(Ici paraît Goblot.) Tenez, placez-vous à côté de moi, j'ai le nez
fin. Quand je vous dirai : méfiez-vous. — Méfiez-vous !
  GOBLOT, descendant. Vous méfier... se méfier du grand, du
sublime, de l'incomparable Polidor!..
  CORNARDIN. Mon Dieu, je connais beaucoup monsieur
Polidor. Il m'a souvent entraîné, c'est vrai, par l'éloquence
de sa parole, mais il m'a fait boire plusieurs bouillons, il m'a
tout à fait embourbé dans les pâturages de la Sologne, et
depuis ce temps-là...
  GOBLOT. Monsieur, je n'ai qu'un mot à vous dire : monsieur
Polidor doit épouser ma fille, et mieux que personne je connais sa probité, son désintéressement. — En voulez-vous une
preuve? c'est lui qui préside aujourd'hui cette assemblée; eh
bien, il me défend d'y assister.
  CHAPOULOT et CORNARDIN. Pourquoi?
  GOBLOT. Parce qu'il me connaît, qu'il sait que dans toutes
les affaires qu'il lance, j'enlève toutes les actions que je puis
enlever, et il ne veut pas que j'en prive ses actionnaires, il ne
veut pas qu'on l'accuse de n'enrichir que sa nouvelle famille.
  CHAPOULOT. En effet, c'est fort beau!
  GOBLOT. Mais je lui désobéis. Je viens en cachette dans un
petit coin pour l'entendre parler. Il parle si bien, vous verrez
ça. S'il le voulait, il vous ferait accroire que cette salle est un
aquarium.
  CORNARDIN, à part. Diable! raison de plus pour se méfier.
Pendant cette scène de nombreux personnages sont entrés et ont pris place.
  CHAPOULOT. Eh ! mais voilà que ça se garnit!
  GOBLOT. Polidor parle, il y aura foule.

Il remonte.

CORNARDIN, bas à Chapoulot. Restez près de moi, je n'ai pas confiance.

CHAPOULOT. Bah !

CORNARDIN. Quand vous entendez vanter une affaire, c'est qu'elle est mauvaise.

CHAPOULOT. Mais on peut la vanter parce qu'elle est bonne.

CORNARDIN. Ce raisonnement me frappe.

SCÈNE II

LES MÊMES, LAMBERT, BALUCHET, NICOLAS, VICTOR, AUGUSTE.

LAMBERT. C'est ici !

NICOLAS. Mazette ! c'est joli !

BALUCHET. Et du bien beau monde...

LAMBERT. Maintenant, mes amis... l'inconnu d'avant-hier... nous a habillés, régalés, et nous a gratifiés chacun d'un jaunet... or, il m'a donné, à moi... ses instructions, et nous sommes ici pour être de l'avis de Polidor.

TOUS. Oui.

LAMBERT. Mais vous ne serez jamais que du mien.

TOUS. Ah ! bon !

BALUCHET. Mais si tu n'es pas du sien, comment que nous ferons pour être du tien et du sien ?

LAMBERT. Ça me regarde... Voyons ! vous avez vos actions. — En poche ?

TOUS. Oui !.. oui !..

LAMBERT. Alors attendons !

UN HUISSIER, paraissant au fond. Le conseil de surveillance.

Ici un grand mouvement s'opère. La salle est pleine d'actionnaires assis, tournant le dos au public. Martel et son groupe sont à droite à l'avant-scène ; Cornardin et Chapoulot à gauche à côté l'un de l'autre. Goblot se cache au milieu des actionnaires. — Le conseil de surveillance, composé de huit caricatures, entre et se place au bureau après avoir salué. Il est suivi de Polidor qui va se placer au milieu du conseil, et qui salue, lui, à trois reprises.

GOBLOT, à l'entrée de Polidor. Le voilà... qu'il ne m'aperçoive pas !

Il se fait tout petit.

LES ACTIONNAIRES. Chut !... silence !.. Chûûûûût !

SCÈNE III

LES MÊMES, POLIDOR, LE CONSEIL DE SURVEILLANCE, ACTIONNAIRES.

POLIDOR. Messieurs !.. avant de vous édifier sur le projet qui vous amène ici, permettez-moi de vous annoncer que tout détenteur des actions sur les sangsues mécaniques est admis à toucher immédiatement, un dividende de cinquante francs.

CHAPOULOT. J'en ai !...

CORNARDIN ET LES AUTRES. Moi aussi !... moi aussi !..

LAMBERT. Ces messieurs et moi, nous en possédons également...

CHAPOULOT. C'est une surprise... agréable.

LAMBERT. Silence !

POLIDOR. Mais procédons par ordre !... Le dividende est acquis... Passons à la grande combinaison que j'ai à vous soumettre... Il s'agit, vous le savez, messieurs, puisque vous avez tous reçu le prospectus que nous avons livré à votre examen, il s'agit, dis-je, du chauffage des rues de Paris. — Ne vous récriez pas, messieurs. Moi aussi, lorsque pour la première fois, les hommes éminents qui ont conçu ce vaste projet, m'en ont fait part, je me suis écrié : Chauffer les rues de Paris ! et comment ? — par quel moyen ? C'est impossible ! — Je me trompais, messieurs, rien n'est impossible au génie industriel ! à la philanthropie qui veut le progrès pour le bonheur de l'humanité et qui le cherche au flambeau de la raison à travers les merveilles de la science !

GOBLOT, à part. Oh ! comme c'est beau !

UN MONSIEUR, se levant au milieu des actionnaires. Pardon, monsieur, je ne suis pas venu pour écouter ça, moi. Le directeur de l'Ambigu avait reçu mon drame intitulé : Le sourd-muet, il refuse aujourd'hui de le jouer, et je viens demander à la commission...

POLIDOR. Permettez, monsieur. A quelle commission croyez-vous vous adresser ?

LE MONSIEUR. A la commission des auteurs dramatiques.

SES VOISINS et POLIDOR. Eh ! monsieur, c'est à trois heures votre séance.

LES AUTRES. A la porte ! (Grand tohubohu. Tout le monde parle à la

fois, et l'interrupteur, malgré ses protestations, est expulsé de la salle. Puis on entend de nouveau :) Chut ! silence ! chûûûûûût !

POLIDOR. Messieurs, je reprends. Cette compagnie fabuleuse est fondée au capital de trois millions, trois millions seulement, et la plus extraordinaire, la plus inattendue, la plus utile des conceptions s'accomplira. Mais, me direz-vous, par quel moyen ? Le prospectus déjà vous en donne une idée : un nouveau pavage. Quand je dis : pavage, c'est le contraire, nous supprimons les pavés, toutes les voies de Paris sont ferrées par un nouveau système métallique servant de trottoirs et tellement bon marché qu'il ne revient pas à cinq sous le mètre. A Montmartre, à Charonne, à Montrouge, à Levallois-Perret, aux quatre coins de Paris, des usines à gaz d'inventions nouvelles, répandent leur chaleur combinée sous le nouveau métal dont l'ingénieuse disposition vous est connue...

UN ACTIONNAIRE, se levant au milieu. Une observation, monsieur ; mais un semblable projet serait-il autorisé par le gouvernement ?

POLIDOR. En pouvez-vous douter, monsieur ?.. Quelqu'un ici peut-il en douter ? Ne prenons qu'un exemple. Supposons Paris en état d'effervescence populaire, des rassemblements menacent la tranquillité bourgeoise, inutile de déranger la troupe, on chauffe Paris à blanc... les trottoirs sont incandescents et tout le monde est obligé de rentrer chez soi.

Assentiment général. Quelques bravos.

CHAPOULOT. C'est admirable !

CORNARDIN. Oui, c'est très-beau, mais attendons... méfions-nous.

GOBLOT, à part. Oh ! j'en pleure !

L'ACTIONNAIRE. Une observation encore. Avec ce système-là, les Parisiens n'auront chaud qu'aux pieds.

POLIDOR. J'attendais cette critique, et je pourrais répondre que pour trois millions, on ne peut s'engager à chauffer les Parisiens partout ; mais je suis autorisé à promettre davantage... que l'affaire soit lancée et avant un an, Paris sera couvert.

TOUS. Couvert ?

POLIDOR. Oui, messieurs... une immense toiture couvrira la capitale... vous aurez Paris vitré !

TOUS. Bravo ! bravo !

POLIDOR. Ainsi donc, messieurs... comme je vous l'ai dit en commençant cette séance, nous allons procéder au paiement du dividende de cinquante francs sus-mentionné...

TOUS. Ah ! très-bien ! très-bien !

POLIDOR. Or, l'action du chauffage parisien n'étant que de cent francs et chacun de vous en ayant à recevoir cinquante, vous n'avez donc à verser que cinquante francs.

CORNARDIN. C'est clair !

CHAPOULOT. C'est limpide !

GOBLOT, se découvrant. Je suis enthousiasmé, je souscris !

POLIDOR, à part. Bon ! mon beau-père ! Il va se ruiner et moi en même temps !

TOUS. Signons ! signons !

BALUCHET, bas à Lambert. Faut-il signer ?

LAMBERT. Un instant ! (Haut.) Monsieur le président, je demande la parole !

POLIDOR. Je vous la donne ! (Au comité.) C'est un des nôtres !... je le connais !

LAMBERT. Je pense qu'il serait plus logique de payer d'abord le dividende... puis après souscrirait qui veut !

POLIDOR, au comité. Mais il se trompe ! ce n'est pas cela qui était convenu ! (Haut.) Je vais vous répondre !... Messieurs, je crois devoir vous présenter messieurs les membres du conseil de surveillance : Monsieur le baron de Branquebourg, le comte Silangieri Capilino, ex-chambellan napolitain... le baron Porto di Scarnabo, amiral portugais, monsieur...

LAMBERT. Permettez, si j'insiste, monsieur le président, et vous aussi, messieurs .. mais c'est dans l'intérêt de tous...

TOUS. Parlez ! parlez !

LAMBERT. Le dividende d'abord. La souscription ensuite.

POLIDOR, lui disant à l'oreille. Mais tu te trompes... ça n'est pas ça !

LAMBERT. Ne me parlez donc pas à l'oreille... Remarquez bien une chose, messieurs, quand vous aurez touché vos cinquante francs, ce qui vous est rarement arrivé...

CORNARDIN. Oh ! oui !

CHAPOULOT. Ça ne m'est jamais arrivé !

TOUS. C'est vrai !

LAMBERT. Il vous sera parfaitement loisible de vous engager ou de vous abstenir... Et d'ailleurs, remarquez-le bien, signer, c'est s'engager. S'engager, c'est payer, et à qui ?

POLIDOR. Mais vous n'avez pas le droit...

LAMBERT. Laissez-moi donc finir... A qui donnerez-vous votre argent? A un banquier? Mais quel est-il ce banquier? monsieur ne vous le dit pas! je vais vous le dire, moi! (Rumeurs.) C'est le banquier Marcelli!

CORNARDIN. C'est une nouvelle garantie pour nous!

LAMBERT. Sans doute, je ne conteste pas, mais ce que nous voulons, c'est le paiement du dividende!

POLIDOR. Non! non!

LAMBERT. Si!... (Aux autres.) Dites comme moi!

LES ADHÉRENTS DE LAMBERT. Si! si!

LES AUTRES. Non! non!

LAMBERT. Vous allez payer d'abord!

POLIDOR. Eh bien, non!

A DROITE. Il paiera!

A GAUCHE. Il ne paiera pas!

Le tumulte est à son comble, on se mêle, on se dispute, Polidor et le conseil sont entourés. Une lutte s'engage. Polidor monte sur la table, on l'en fait descendre. On se bouscule, puis on se bat.

L'HUISSIER, entrant. Eh bien! qu'y a-t-il?

LAMBERT. Vous le voyez! on distribue des dividendes!

La bagarre continue.

L'AUTEUR, revenant. Cette fois, c'est bien la société des auteurs dramatiques.

Il se mêle avec tout le monde, tous sortent en se bousculant.

Rideau.

ACTE QUATRIÈME

Septième Tableau.

Cabinet de travail de Marcelli. — A gauche un bureau. — Porte au fond. — Porte à droite dans l'angle du cabinet.

SCÈNE PREMIÈRE

MARCELLI, MAURICE.

Maurice est au bureau devant un grand registre. — Marcelli se promène avec agitation.

MARCELLI. Les nouvelles de la Bourse?

MAURICE. Mauvaises... on baisse!

MARCELLI. Et quelles rentrées avons-nous?

MAURICE. Oh! insignifiantes!... Voici le relevé exact de mes comptes de ce mois. Vous avez de plus la correspondance à ce sujet. Voici le registre qui vous fera mieux comprendre. Si vous voulez jeter les yeux.

MARCELLI. C'est inutile. Que vous manquera-t-il pour votre fin de mois?

MAURICE. Bien près de six cent mille francs.

MARCELLI. Six cent mille... (A lui-même.) Comment suis-je arrivé là?... de la position la plus prospère, la plus brillante... (Haut.) C'est bien, Maurice, n'ayez aucune inquiétude. Nous paierons et à bureau ouvert.

MAURICE. Vous aurez les six cent mille francs.

MARCELLI. Je les aurai, ne vous tourmentez pas. Ah! quelle est donc cette affaire Polidor dont vous me donnez avis dans vos notes de ce matin?

MAURICE. Je ne saurais vous le dire, il courait hier un bruit à la Bourse et ce bruit est arrivé à ma caisse. Un nommé Polidor, connu pour un lanceur d'affaires, à propos de je ne sais quelle société en commandite, disait-on, vous a nommé dans une société d'actionnaires comme le banquier répondant des hasards de l'entreprise.

MARCELLI. C'est bien. Je me renseignerai et j'agirai. Vous, mon cher Maurice, si de pareils bruits reviennent à vos oreilles, démentez-les hautement. Dites bien que je ne connais pas ce Polidor, que je ne l'ai jamais vu, que j'ignorais même son existence. Allez! et soyez assuré que je me souviendrai de vos bons services.

MAURICE. Je vous suis bien reconnaissant, monsieur.

Il salue et sort.

MARCELLI, allant se remettre à son bureau. Voyons, occupons-nous de cette fin de mois. Si je puisais encore à la même bourse, le subrogé-tuteur de Germaine ne revient que dans six semaines; mais à cette époque, serai-je en mesure?

SCÈNE II

MARCELLI, GERMAINE, ensuite UN VALET. Ici l'on voit entrer Germaine par la porte à droite, qui se trouve au fond du cabinet. Elle aperçoit son tuteur et s'avance lentement vers lui.

MARCELLI. Six cent mille francs !... plus de la moitié du compte de tutelle! (Ici, Germaine, qui est arrivée devant la porte du fond, écoute, semble entendre venir et regarde précipitamment, mais en silence, la porte par laquelle elle est entrée.) Recouvrer les six cent mille francs en un mois!.. (On frappe à la porte du fond.) Qui est là?.. entrez.

UN VALET, entrant. Monsieur Saint-Féréol demande à parler à monsieur.

MARCELLI. Qu'il entre. (A lui-même.) Quel diable d'homme est-ce là? j'ai eu beau m'y prendre de toutes les manières, je n'ai pu deviner l'autre nuit à quel personnage j'avais affaire.

SCÈNE III

MARCELLI, MARTEL.

MARTEL, en Saint-Féréol. Bonjour, mon cher monsieur Marcelli.

MARCELLI. Enchanté, cher monsieur.. Veuillez vous asseoir.

MARTEL. Sommes-nous bien seuls?

MARCELLI. Absolument.

MARTEL. Donnez donc des ordres pour que nous ne soyons pas dérangés.

Marcelli paraît surpris, mais il retourne au bureau et sonne.

MARCELLI, au valet qui rentre. Je n'y suis pour personne.

Le valet ressort et ferme la porte.

MARTEL, s'asseyant. Là, comme cela, nous allons pouvoir causer de nos petites affaires.

MARCELLI. Ah! vous avez...

MARTEL. Oui, j'ai beaucoup de petites affaires et de grandes; j'ai bien vu que l'autre nuit vous cherchiez à les connaître, mais vous comprenez qu'au milieu d'un bal, il est des choses qu'on ne peut dire...

MARCELLI. Sans doute.. d'ailleurs, ma curiosité...

MARTEL. Ne vous en défendez pas, les affaires sont les affaires. Un monsieur vous apporte cent mille francs, vous désirez savoir quel est cet imbécile-là, c'est naturel.

MARCELLI. Monsieur!

MARTEL. Permettez. Si je me traite d'imbécile, c'est que je sais très-bien ne pas mériter cette appellation. J'ai la prétention d'être très-habile, et si je vous ai confié une somme aussi importante, c'est que j'étais certain, en vous la confiant, de la confier à 100 pour 100 de bénéfice.

MARCELLI. Voilà qui vaut mieux.

MARTEL. Maintenant, quant à vous dire qui je suis, peu vous importe ma généalogie. Que j'arrive du Congo ou de la lune, que je m'appelle Pierre ou Paul, l'important pour vous est de savoir si mon argent m'appartient, et si, en me recevant dans vos salons, votre pendule ne court aucun danger. Sous ce rapport, vous pouvez être tranquille. J'ai toute l'honorabilité que donne la fortune, et je suis extrêmement riche; mais peut-être désireriez-vous connaître l'origine de cette fortune, et c'est ici que ma franchise va bien vous étonner? Ma fortune n'a pas d'origine. Je suis le père de mes œuvres... et mes œuvres... eh... eh... mes œuvres... entre nous, cher monsieur Marcelli, je ne vaux pas grand' chose.

MARCELLI. Permettez, monsieur... ce langage...

MARTEL. Laissez-moi le tenir. Tout ce que je vous dis là est indispensable à l'objet de ma visite. Je tiens à me montrer à vos yeux ce que je suis, et à vous prouver que nous vivons dans un siècle d'argent qui n'est peut-être pas profondément immoral.. mais qui est entièrement corrompu. Si je ne suis ni un criminel ni un voleur, c'est qu'aujourd'hui les voleurs et les criminels sont des sots. — L'homme qui se met en lutte avec toute une société, croyant échapper à ses lois, alors que cette société est remplie de juges, d'agents de police et de gendarmes, cet homme-là ne peut être qu'une dupe ou un niais. Aujourd'hui la grande affaire n'est pas de prendre, mais le vrai mérite consiste à se faire donner, non pas par la force, pas même par la ruse, il faut se faire donner en trafiquant de tout, de tout ce qui nous appartient et qui peut avoir une valeur. Ainsi l'homme peut trafiquer de sa conscience et la femme de sa vertu, si la vertu de l'une et la conscience de l'autre ont une valeur quelconque. La politique elle-même peut devenir une spéculation; mon opinion m'appartient et j'ai le droit de choisir celle qui me rapporte le plus; il m'est loisible même d'en changer selon les occasions, et cela vous explique la grande fortune de beaucoup de gens. Bref, dans tous les rangs, dans toutes les classes, du haut en bas, de la première à la dernière couche sociale, la vie est un grand marché où ce qui ne vaut rien est ce qui se paie davantage. Il ne s'agit que de faire désirer l'objet, et si notre monde voulait s'ériger en compagnie industrielle, sa raison sociale devrait être : Canaille et Cie.

MARCELLI. Voilà un étrange exposé de principes. Je ne saurais vous dire si cette peinture, assez peu flattée, ressemble bien à l'époque actuelle, mais j'attends que vous me disiez où tend ce plaidoyer et pourquoi vous venez ici me dire tout cela.

MARTEL. Parce que vous aviez désiré savoir qui je suis, et que moi-même, j'avais intérêt à vous l'apprendre. Or ce que je suis, vous le savez. Maintenant que la connaissance est faite, j'arrive au but. Monsieur Marcelli, j'ai l'honneur de vous demander la main de mademoiselle votre pupille.

MARCELLI. Vous, monsieur.

MARTEL. Oui, moi.

MARCELLI. Vous connaissez ma pupille, vous en êtes amoureux.

MARTEL. Il ne s'agit pas de ça, je suis un homme positif, je vous propose une affaire, c'est à prendre ou à laisser.

MARCELLI, avec colère. Comment ! vous me demandez...

MARTEL. Oh ! ne jouons pas le mélodrame. Restons sur le terrain de la comédie ! — Vous devez bien penser, mon cher monsieur, que je ne suis pas venu ici pour me brûler à la chandelle, comme un naïf papillon ; que je ne vous aurais pas dit qui je suis si je ne savais ce que vous êtes.

MARCELLI. Ce que je suis ? Et que savez-vous ?

MARTEL. Mon Dieu ! Rien que de très-honorable. Vous êtes sur le point de faire faillite.

MARCELLI. Monsieur..

MARTEL. Je joue cartes sur table. — Votre pupille possède un million. Donnez-la-moi avec cinq cent mille francs, et je vous signe un reçu du million. (Après un silence pendant lequel Marcelli réfléchit à part.) Il ne me fait pas mettre à la porte.

MARCELLI, riant fiévreusement. Ah ! ah ! ah ! ah ! Vous aviez raison, monsieur, vous êtes très-habile.

MARTEL. Continuation de mon système. Mon nom m'appartient, je le vends.

MARCELLI. Et vous l'estimez cinq cent mille francs ?

MARTEL. Je n'ai pas à l'estimer, moi ; mais peut-être vaut-il cela pour vous.

MARCELLI. Qui vous le fait supposer ?

MARTEL. Pourquoi me forcer à le dire ? De deux choses l'une : ou ma proposition vous est avantageuse, ou je suis un maladroit de vous la faire. Dans ce dernier cas, vous eussiez déjà sonné vos domestiques, et le pauvre Saint-Féréol serait en train de dégringoler les escaliers. Allons, que diable, répondez à ma confiance par une confiance égale... entre nous, c'est oui, ou c'est non. On ne se gêne pas.

MARCELLI. Vous êtes fort amusant.

MARTEL. Vous trouvez ?

MARCELLI. Eh bien ! voyons, continuons ce genre de plaisanterie. Supposons que votre proposition me soit très-avantageuse.

MARTEL. Oui. Supposons cela.

MARCELLI. Eh bien ! dans ce cas même, comment comprenez-vous que ma pupille se prête à une spéculation dont elle ferait tous les frais et dont nous seuls bénéficierions ?

MARTEL. Ceci, c'est mon affaire. Comme vous y allez. Commençons par poser les bases d'un traité ; nous verrons ensuite à vaincre les difficultés qu'il présente. Je ne vous demande aujourd'hui qu'une seule réponse : Si mademoiselle Germaine consentait à m'épouser, moi qui n'exigerais de vous que la moitié de sa dot, ma personne vous déplairait-elle ?

MARCELLI. A moi ? — Pas du tout.

MARTEL. C'est tout ce que je voulais savoir. (A part.) Il a entamé le million. (Haut.) Maintenant le reste vous regarde ! — Vous allez me laisser à l'œuvre. Nous sommes le 20, avant un mois, le contrat sera signé. Mon cher monsieur Marcelli, j'ai bien l'honneur de vous saluer. *Il sort.*

SCÈNE IV

MARCELLI, GERMAINE.

A peine Martel est-il sorti, que le rideau qui masque la porte de droite s'entr'ouvre et laisse voir Germaine qui guette son tuteur.

MARCELLI, restant immobile les yeux fixés sur la porte. Ami ou ennemi. — Il faut que je le sache, car s'il a mes secrets...

Pendant cette phrase, Germaine a de nouveau traversé le théâtre, et arrivée à la porte du fond l'a ouverte.

GERMAINE. Puis-je entrer ?

MARCELLI. Germaine !

GERMAINE. Quel est donc ce monsieur qui sort d'ici ?

MARCELLI, ému. Vous étiez là ?

GERMAINE. Je crois me rappeler l'avoir vu à votre bal, il me regardait beaucoup.

MARCELLI. Il vient, en effet, de me dire qu'il vous trouvait charmante.

GERMAINE. Il vous a dit cela ?

MARCELLI. Et qu'il vous aimait à l'adoration.

GERMAINE. Vous lui répondrez qu'il a affaire à une ingrate.

MARCELLI. Vous dites la même chose de tout le monde et pourtant, Germaine, vous allez avoir vingt ans et le moment de faire un choix...

GERMAINE. Mais vous savez bien qu'il est fait, mon choix.

MARCELLI. Je sais, dites-vous.

GERMAINE. Il y a plus de quinze mois que vous vous en êtes aperçu.

MARCELLI. Voudriez-vous parler de monsieur de Nerval ?

GERMAINE. Et de qui donc ? Supposez-vous que mon cœur se donne à tout le monde ?

MARCELLI. Je crois, du moins, qu'il est trop bien placé pour conserver le souvenir d'un homme marié.

GERMAINE. C'est donc une bien grande faute ?

MARCELLI. Raillez-vous, Germaine ?

GERMAINE. Et aimer une femme mariée, est-ce une faute aussi ?

MARCELLI. Que voulez-vous dire ?

GERMAINE. Que je crois m'être aperçue, mon cher tuteur, que vous aimez beaucoup mes amies de pension.

MARCELLI. Mademoiselle !

GERMAINE. Vous vous fâchez ? Pourquoi donc ? Elles sont très-jolies, mes amies de pension. — Je n'ai plus à vanter près de vous la beauté de Mathilde... mais Laure aussi est charmante.

MARCELLI, vivement. En vérité, Germaine, cette insistance...

GERMAINE. Ce que vous m'avez dit il y a quinze mois dans une cour de mairie, je vous le dis aujourd'hui, moi... Mathilde a une rivale.

MARCELLI. Mais vous êtes folle, Germaine.

GERMAINE. Folle, oui, c'est un peu vrai. Voyons, mon cher tuteur, ici, de vous à moi, est-ce que pour être aimé de cette charmante comtesse... vous ne feriez pas tous les sacrifices... vous ne commettriez pas une faute... peut-être un crime ?

MARCELLI. Ah ! mon Dieu ! mais c'est du délire.

GERMAINE, avec force. Ah ! c'est que j'en commettrais un, moi ! pour l'homme que j'aime !

MARCELLI. Malheureuse !

GERMAINE. Oui, malheureuse, et assez malheureuse pour tout braver, le mépris du monde, la justice humaine et la justice divine !

MARCELLI, fausse sortie. Je ne puis écouter davantage.

GERMAINE. Restez !.

MARCELLI. Non. Quand vous serez plus calme.

GERMAINE. Restez. Je le veux.

MARCELLI. Des ordres à moi... Vous osez.

GERMAINE. Je suis sortie d'une pension où beaucoup de jeunes filles ont été victimes de tuteurs infidèles...

MARCELLI. Infidèles...

GERMAINE. S'il est un article du code transgressé impunément, c'est à coup sûr celui-là, car il est peu de pupilles qui osent porter plainte contre l'homme ou la femme qui les ont élevés, mais vous ne m'avez pas élevée et je n'ai jamais été dupe de l'intérêt que fut censée vous inspirer mon enfance. — En devenant mon tuteur, sans aucun droit de l'être, vous n'aviez en vue que les intérêts d'un million à toucher.

MARCELLI. A cette époque, vous étiez pauvre.

GERMAINE. Pour tout le monde. Pas pour vous.

MARCELLI. Pas pour moi !

GERMAINE. Je n'ai jamais pu percer ce mystère de ma jeunesse ; mon père assassiné meurt en me laissant une fortune et ce n'est qu'un an après sa mort, qu'un homme inconnu, s'intéressant à moi par hasard, avait eu la généreuse pensée de se faire nommer mon tuteur.

MARCELLI. Et vous donnez à ce hasard un motif...

GERMAINE. Laissons ce passé dans l'oubli, le présent seul m'occupe. Je vous disais il y a quinze mois que je donnerais ma fortune pour empêcher ce mariage : eh bien ! cette fortune, je suis encore prête à la donner pour le rompre.

MARCELLI. Le rompre... y pensez-vous ?

GERMAINE. Oh ! c'est un crime, je le sais bien.

MARCELLI. Vous voulez.

GERMAINE. Que vous soyez mon complice.

MARCELLI. Moi, votre...

GERMAINE. Oh! ne tremblez pas, je partage les idées de l'homme qui sort d'ici; il ne faut ni tuer ni voler, il faut se faire donner.

MARCELLI. Ah! vous avez entendu?...

GERMAINE. Tout!...

MARCELLI. Et vous croyez?...

GERMAINE. Je vous crois capable de tout.

MARCELLI. Germaine, je vous défends de me parler ainsi.

GERMAINE. Et moi je vous dis que si vous ne m'obéissez pas, je vous envoie au bagne. Et maintenant, asseyez-vous et causons.

Elle lui indique un siège, Marcelli tremblant exécute l'ordre. Germaine lui montre toujours du doigt le siège. Le rideau tombe.

Huitième Tableau.

LE TIVOLI VAUX-HALL

SCÈNE PREMIÈRE

Au changement, le théâtre est convert d'une foule entièrement bariolée. Des habits, des vestes, toutes sortes de personnages dansent un quadrille échevelé. — Au nombre des personnages en scène sont : POLIDOR, BALUCHET, NICOLAS, LAMBERT, DARDOUILLETTE, et UN ANGLAIS, espèce de type à la Doré. Après la contredanse, qui se termine par un galop commencé au changement.

DARDOUILLETTE. Ouf! je n'en puis plus, je m'évanouis.

POLIDOR. Dans mes bras, dans mes bras.

DARDOUILLETTE. Non, j'aime mieux m'évanouir dans les bras de l'Angleterre. (A l'Anglais.) Milord, retenez-moi...

L'ANGLAIS. Oh! yès, moa je voulais bien retenir vô...

POLIDOR. Tableau...

LAMBERT. Ah! pour un beau bal, voilà un beau bal.

NICOLAS. Eh ben, qu'est-ce qu'elle fait donc là, Dardouillette?

POLIDOR. Elle est en train de fatiguer monsieur, faut la laisser faire.

BALUCHET. De quoi, des manières.

DARDOUILLETTE, *se relevant.* Ah! bien non, y m'tient trop mal, et puis j'ai soif. Qui est-ce qui me paie quelque chose?

L'ANGLAIS. Oh! moâ, je payais à vô tout ce que vô voudrez.

DARDOUILLETTE. Tout, eh bien, payez-nous un vin chaud. Combien que nous sommes : Un, deux, trois, quatre et cinq. Avec moi ça fera six...

L'ANGLAIS. Oh! yes.

POLIDOR. Bah! moi aussi. Ma foi, j'accepte, mais je paierai à l'autre contredanse.

DARDOUILLETTE. Nous sommes six. Garçon, un bol de vin chaud pour douze.

LAMBERT. Quelle chance de nous être rencontrés ici!

POLIDOR. J'étais en train de balancer, lorsqu'en jetant les yeux sur mon vis-à-vis, je reconnais qui? Dardouillette.

DARDOUILLETTE. Ah! Dieu, ça m'a donné un coup que j'en ai marché sur les pieds de milord.

POLIDOR. Mais par quel hasard, si loin de chez vous?

NICOLAS. Nous avons quitté Levallois-Perret, une occasion qu'a trouvée Lambert.

LAMBERT. C'était trop loin pour ma marmaille. J'ai découvert un chantier du côté du canal, et ma famille m'a suivi.

BALUCHET. Moi... Madame a des préférences pour ce quartier. *Il fait le moulinet.*

LE GARÇON, *apportant un grand bol et des verres.* Voilà le vin chaud!

TOUS, *allant se mettre à une table.* Bravo!

DARDOUILLETTE. C'est moi qui sers. A tout seigneur, tout honneur! — Milord, à vous celui-ci.

L'ANGLAIS. Oh! yes. *Il boit.*

BALUCHET. Eh bien, y n'attend pas pour trinquer.

L'ANGLAIS. Oh! no..... Je trinquerai avec un autre verre.

NICOLAS. Tiens, c'est pas bête ça..

DARDOUILLETTE. Oui, mais ne faites pas comme lui, parce qu'il n'en resterait plus pour moi. A la santé de milord.

BALUCHET. A l'alliance des peuples.

TOUS. Vivat!

L'ANGLAIS, *après avoir bu son second verre.* Je allais chercher des biscuits pour mademoiselle.

DARDOUILLETTE. Ah! milord!..

POLIDOR. Ah ça! messieurs, puisque je vous rencontre, pouvez-vous me dire quel est le polichinelle qui vous a envoyés à mon assemblée.

NICOLAS. Nous ne le connaissons ni les uns ni les autres.

LAMBERT. Mais il nous a bien payés, bien habillés et même qu'il nous a laissé les frusques.

NICOLAS. Ce qui nous permet de nous montrer en société.

POLIDOR. Et c'est pour ça que vous m'avez lâché... moi.. un ami...

BALUCHET. Dame!.. pour de l'argent..

POLIDOR. Ce qui est cause que mon banquier ne veut plus me voir, et que mon crétin de beau-père sera peut-être ruiné dans un mois. Même que si vous me trouvez ici, c'est le besoin de m'étourdir qui m'y a conduit.

LE GARÇON. Qui est-ce qui paie ici? C'est six francs.

DARDOUILLETTE. Eh bien! vous n'apportez pas les biscuits?

LE GARÇON. Quels biscuits?

DARDOUILLETTE. Que l'Anglais est allé demander pour nous.

LE GARÇON. L'Anglais qui était là?

TOUS. Oui.

LE GARÇON. Eh bien! il est loin, s'il court toujours.

DARDOUILLETTE. Comment, il est loin.

LE GARÇON. Je viens de le voir s'en aller du côté du boulevard.

TOUS, *se levant.* Ah! la canaille.

BALUCHET. C'est un Anglais de carton.

POLIDOR, *riant.* Ah! ah! ah!

LE GARÇON. Mes six francs?

TOUS, *sortant en courant.* Courons après l'Anglais.

LE GARÇON. Eh bien! eh bien!

POLIDOR, *resté seul à la table et riant plus fort.* Ah! ah! ah! ah!

LE GARÇON, *revenant à Polidor.* Monsieur, c'est six francs.

POLIDOR, *sérieux.* Ah! bigre, c'est vrai. (Chantant.) Je reste seul avec le bol de vin. Mais six francs, c'est pas trop cher. L'Anglais vaut ça. Tiens, mon garçon, tu es plus heureux que mes actionnaires. Je te paie, toi, et même je te donne une prime de cinquante centimes.

LE GARÇON. Une prime.

POLIDOR. Pour boire. — Ah ça! est-ce qu'ils sont tous partis. Faut voir ça.

Il remonte en cherchant et disparaît.

SCÈNE II

CORNARDIN, CHAPOULOT.

CORNARDIN. Je vous dis qu'il est impossible que cela se passe ainsi. On nous a promis cinquante francs par action... Il faut qu'on nous les donne... ou sans cela.

CHAPOULOT. Eh bien! que ferez-vous? Le conseil de surveillance a disparu. Le gérant nous a renvoyés au banquier Marcelli, qui nous a fait mettre à la porte; et si l'on nous fait un procès, il n'y a que nous de solvables, et encore, moi, je ne le suis pas, et je crains, si l'on veut nous faire payer, de rester encore une fois sans pantalon.

CORNARDIN. Ah! si l'on me reprend encore à spéculer...

CHAPOULOT. Et moi, donc! *ici ritournelle d'une contredanse.*

VOIX DANS LA FOULE. Ah! un quadrille! en place! invitez vos dames.

CORNARDIN. Bah! nous sommes ici pour nous distraire!.. Allons, monsieur Chapoulot, invitons nos dames.

CHAPOULOT, *le suivant.* Ah! je n'ai guère le cœur à la danse. *Ils remontent.*

SCÈNE III

LES MÊMES, TOUS LES PERSONNAGES DE LA PREMIÈRE SCÈNE.

NICOLAS. Oh! là, Baluchet, Lambert, arrivez donc. Le quadrille va commencer.

POLIDOR. Un quadrille! où sont les danseuses? (A une jeune fille.) Mademoiselle...

LA JEUNE FILLE. Allons-y.

DARDOUILLETTE. Un danseur. Où y a-t-il un monsieur, que je l'invite?

CORNARDIN, *qui se trouve sur son passage.* Voilà, belle dame!

DARDOUILLETTE. Oh! là là, plus qu'ça d' chance!

Contredanse, Cornardin en face de Polidor; Chapoulot faisant partie du second quadrille et tournant le dos à Dardouillette qui danse avec Cornardin.

CORNARDIN, dès la première figure à Polidor. Ah! vous voilà, vous!

POLIDOR, dansant. Tiens, ce bon monsieur Cornardin!

CORNARDIN, id. Vous savez que nous portons plainte.

POLIDOR, id. Ah! vous faites joliment bien.

CORNARDIN, id. Et que vous nous paierez.

POLIDOR, id. Ça, c'est une autre affaire.

CORNARDIN, id. Ou je vous traiterai d'escroc!

POLIDOR, dansant toujours. Pas de gros-mots en société. Je pourrais vous répondre que vous êtes un idiot... et vous ne seriez pas content.

CORNARDIN. Monsieur!

DARDOUILLETTE. Eh ben! dites donc, vous, est-ce que c'est votre manière de danser, ça?

CORNARDIN, faisant l'aimable. Pardon, belle dame, pardon..

La première figure se termine ainsi et la seconde commence. Mais dans un mouvement de cette seconde figure, Chapoulot et Dardouillette qui se trouvaient dos à dos se trouvent face à face.

CHAPOULOT. Oh!... mais il me semble.

DARDOUILLETTE. Oh! si je ne me trompe.

CHAPOULOT. C'est elle!

DARDOUILLETTE. C'est lui!

CHAPOULOT. Ma marchande!

DARDOUILLETTE. L'homme au pantalon.

Elle se sauve.

CHAPOULOT, courant après elle. Arrêtez! arrêtez!

TOUT LE MONDE, courant après eux. Arrêtez... arrêtez...

SCÈNE IV

MARTEL, FABRICE.

Ils entrent de droite. Martel n'est ni bien ni mal mis, mais il porte des favoris et des moustaches.

FABRICE. Mais enfin, pourquoi que vous m'avez amené ici?

MARTEL. J'attends la personnne dont je t'ai parlé. (A part.) Ne viendrait-il pas? C'est impossible, il a reçu mon billet, et rien ne peut l'empêcher de venir.

FABRICE. Ah! tenez! j'ai eu tort de vous suivre. Je suis sûr que vous avez encore quelque projet.

SCÈNE V

LES MÊMES, MARCELLI.

On voit paraître Marcelli en redingote boutonnée et cherchant quelqu'un.

MARTEL, l'apercevant. Ah! le voilà, c'est lui enfin.

MARCELLI, qui est descendu. Je ne vois personne qui ressemble... pourtant le billet de ce Saint-Ferréol m'indique bien ce bal public.

MARTEL, à Fabrice. Tiens, vois donc ce monsieur là-bas.

FABRICE, le regardant et se mettant à trembler de tous ses membres. Ah! mon Dieu... c'est... c'est...

MARTEL. C'est lui, n'est-ce pas?

FABRICE. Lui... qui?

MARTEL. L'assassin de Bordeaux.

FABRICE. Oh!... silence... silence...

MARTEL. Fabrice... veux-tu boire?

FABRICE. Non... non....

Il tombe assis.

MARTEL. Voyons!... qu'as-tu?... Est-ce parce que tu viens de revoir une ancienne connaissance?

FABRICE. Ça n'est pas vrai!... je ne le connais pas!

MARTEL. Qui?... (Une pause.) Tu vois bien que tu le connais puisque tu t'en défends sans que je le nomme.. Voyons, Fabrice, quand je suis venu une première fois... pour te proposer une affaire... je te prenais pour un coquin... aujourd'hui, je crois te connaître assez pour avoir confiance en toi et te dire toute la vérité.

FABRICE. Quoi!.. Quelle vérité?..

MARTEL. Ecoute-moi bien! Paul Davenay, celui que ta déposition a fait condamner par la cour de Bordeaux, est mort à Calcutta.

FABRICE. Mort!

MARTEL. J'étais son associé... son ami, le confident de ses douleurs... il était aimé de la femme de l'armateur Butler, que ses intérêts retenaient aux colonies... Lorsqu'elle apprit le retour prochain de son mari, elle voulut fuir avec son amant. Le soir même du jour où ils devaient s'embarquer, un crime fut commis; Butler, arrivé la veille, venait d'être assassiné.

FABRICE. C'est vrai!

MARTEL. Le meurtrier était resté inconnu. Les soupçons se portèrent sur Paul Davenay, cela devait être puisqu'il quittait la France en enlevant la femme de la victime.

FABRICE. Eh bien?

MARTEL. Eh bien! je me suis juré de réhabiliter sa mémoire, de découvrir l'assassin et de le livrer aux tribunaux.

FABRICE. Mais...

MARTEL. Paul Davenay savait que le malheureux Butler avait une fille naturelle, il connaissait les personnes auxquelles il l'avait confiée. A mon arrivée en France, ma première visite fut pour elle... l'enfant n'y était plus... un beau monsieur était venu la chercher en disant : « Cette enfant sera riche un jour, son père est mort en lui laissant par testament, une fortune considérable; » alors je me dis que ce testament devait être dans le portefeuille de la victime. Donc, le beau monsieur qui s'était intéressé au sort de l'enfant, pourrait bien être l'assassin.

FABRICE. Tiens! c'est vrai!

MARTEL. Il se pourrait bien aussi que ce fût celui que tu viens de voir tout à l'heure et devant lequel tu as tremblé!

FABRICE. Moi... j'ai... tremblé...

MARTEL. Tu vois, tu trembles encore...

FABRICE. Non... non... je vous jure...

MARTEL. Allons, dis-moi tout, ou je te dénonce comme le complice du meurtrier.

FABRICE. Moi... moi!.. son complice!.. oh! non!.. j'aime mieux tout vous dire... Aussi bien j'en ai assez de ce secret-là... qui me tue.

MARTEL, curieux. Parle!.. parle!..

FABRICE. Il y a quelques années, à Bordeaux, j'étais garçon d'hôtel... Un jour, arrive chez mon patron un voyageur... le soir même, vers dix heures, en passant rue des Fossés de l'Intendance, j'entends crier : Au secours! à l'assassin! je me mets à courir du côté où l'on criait, lorsqu'un homme se jeta sur moi... mon premier mouvement est de le saisir au collet... c'est mon voyageur!.. Il était pâle, effrayé, ensanglanté!.. L'horreur et la surprise me font lâcher le fuyard... qui m'échappe et qui me dit en se sauvant : Si tu parles tu es mort!.. J'eus peur... oui peur... et quand on me trouva près du cadavre, je tremblais encore...

MARTEL. Va, continue...

FABRICE. Le lendemain, je reçus un pli cacheté contenant dix mille francs et ces mots : Si tu parles, la mort ! Je vous le répète, j'ai eu peur.. Et voilà pourquoi je me suis tu devant le tribunal. J'ai fait un faux témoignage par lâcheté...

MARTEL. Et par intérêt?..

FABRICE. Oh! non, pas par intérêt.. Les maudits billets de mille francs sont encore chez moi.. je n'y ai jamais touché. Et pourtant un jour, j'ai eu froid... j'ai eu faim !... Eh bien! j'aurais préféré mourir à côté de cet argent plutôt que d'y toucher... J'ai pu être un lâche.. mais grâce au ciel, je n'ai pas mangé de ce pain-là, je le jure.

MARTEL. Malheureux! tu dirais la vérité maintenant qu'on ne te croirait plus.

FABRICE. Peut-être !

MARTEL. Explique-toi!

FABRICE. Le voyageur de l'hôtel... n'est plus rentré... comme vous le pensez bien... mais en rangeant dans sa chambre... j'ai trouvé une lettre...

MARTEL. Une lettre?

FABRICE. Oui, qui innocente votre ami, et qui me perd, moi.

MARTEL. Toi?

FABRICE. Oh! ça ne fait rien!.. Et tenez, franchement, j'aime autant ça. J'ai été lâche autrefois... les juges feront de moi ce qu'ils voudront... mais je tiens à leur dire ce que je leur ai caché jadis.. la vérité.

MARTEL. Et cette lettre?.. Cette lettre?... Parle donc !

FABRICE. Elle était signée Butler.

MARTEL. Butler.

FABRICE. Et elle annonçait son arrivée à Bordeaux.

MARTEL. Et puis?

FABRICE. Et puis... elle disait aussi... attendez.. oh! je la sais.. je l'ai lue assez de fois.

MARTEL. Elle disait?..

FABRICE, cherchant. Je rapporte une fortune pour ma fille. Toutes mes dispositions sont prises et c'est toi, mon cher Marcelli...

MARTEL. Marcelli!... Ah!... Et tu l'as encore!... cette lettre!..

FABRICE. Oh: oui... bien cachée... chez moi.

MARTEL. Et tu me la donneras?. Tu me la donneras, n'est ce pas?

FABRICE. Dame !.. Si en vous le donnant, ça pouvait racheter ma faute...

MARTEL. Ah! maintenant!.. Je tiens l'homme!.. J'ai la preuve!.. Paul Davenay sera vengé!.. Viens, Fabrice!

Il va pour entraîner Fabrice. — A ce moment on voit Marcelli rentrer par la gauche.

FABRICE, *l'apercevant.* Oh!.. lui!.. lui!..

MARTEL, *l'entraînant.* Mais, viens donc! viens donc!

On voit reparaître les groupes dans le fond.

Rideau.

Neuvième Tableau.

Un élégant salon de campagne, fauteuil et canapé. — Porte au fond. Une fenêtre à droite. Une cheminée à gauche. — Il fait nuit.

SCÈNE PREMIÈRE

MARCELLI, AMBROISE.

Ambroise entre portant une lampe qu'il dépose sur la cheminée. — Jour.

MARCELLI. Tu as éloigné tout le monde?

AMBROISE. Tout le monde, oui, monsieur, nous sommes seuls ici!

MARCELLI. Et tu es sûr de l'homme que tu as employé?

AMBROISE. J'en réponds comme de moi-même.

MARCELLI. Que lui as-tu dit?

AMBROISE. De porter la lettre que vous m'avez donnée à madame la comtesse de Nerval, et de répondre, si on l'interrogeait, qu'il arrivait de Neuilly où son mari était tombé de cheval... qu'on l'avait recueilli dans une maison et qu'on la prévenait d'arriver au plus vite...

MARCELLI. Bien... sans doute elle accourt; va guetter son arrivée et conduis-là ici!

AMBROISE. Oui, monsieur.

Marcelli est allé s'asseoir sur le canapé, Ambroise s'approche de la fenêtre, regarde au dehors et semble inquiet.

MARCELLI, *seul.* Et ce complot infernal est conçu par Germaine... Oh! cette Germaine... (*Se relevant.*) Bah! après tout, sa fatale passion sert la mienne et je ne sais vraiment pas pourquoi cette aventure me trouble à ce point... N'ai-je pas entendu... Non... C'est singulier, jamais je n'ai senti mon cœur battre ainsi... Si le comte était rentré.. non... Germaine n'a pu commettre d'erreur... Ce que j'éprouve est inexplicable... je redoute l'arrivée de cette femme... et je crains qu'elle ne vienne pas... Ah! c'est que le hasard qui sauverait la comtesse, m'exposerait à la colère de Germaine, et je ne puis en douter, sa colère me perdrait...

LAURE, *dans la coulisse* Où est-il? où est-il?

MARCELLI. Ah! cette fois j'en suis sûr, on vient... allons, Marcelli, sois encore ce que tu as toujours été.

LA VOIX DE LAURE, *en dehors.* Où est-il? où est-il?

SCÈNE II

LAURE, MARCELLI.

LAURE, *entrant.* Monsieur Marcelli! mon mari, où est mon mari?

MARCELLI. Rassurez-vous, madame.

LAURE. Je le veux le voir, le voir à l'instant.

MARCELLI. De grâce...

LAURE. Oh! mon Dieu, j'arrive trop tard, trop tard.

MARCELLI. Calmez-vous, votre mari ne court aucun danger.

LAURE. Aucun danger... (*Regardant autour d'elle.*) Mais alors... où suis-je donc?

MARCELLI. Chez moi, madame.

LAURE. Chez vous?

MARCELLI, Chez un coupable que la passion a rendu fou. Ne vous êtes-vous jamais aperçu de cet amour insensé, mais impérieux, invincible.

LAURE. C'est moi qui deviens folle... A qui croyez-vous donc parler, monsieur? Allons, laissez-moi passer! laissez-moi passer monsieur... (*Marcelli ne répond pas et gagne du côté de la cheminée, tandis que Laure gagne la porte. — Cherchant à sortir.*) Cette porte est fermée...

MARCELLI. Oui, madame...

LAURE. Ouvrez-la, monsieur, ou j'appelle!...

Elle court à la fenêtre qu'elle ouvre.

MARCELLI, *s'élançant.* Insensée!...

LAURE. Ne m'approchez pas...

MARCELLI, *la saisissant.* Ah! vos efforts sont inutiles...

LAURE. Au secours!... Assassin!...

Ici les portes du fond s'ouvrent. — Martel paraît suivi d'Ambroise.

SCÈNE III

LES MÊMES, MARTEL, VALETS.

MARTEL, *saisissant Marcelli à la gorge.* Ah! canaille!... (*Le tenant à ses pieds.*) Tiens, je te tuerais... et je ne veux pas que tu meures ainsi... mais va-t'en, va-t'en.

Marcelli sort.

SCÈNE IV

MARTEL, LAURE, *ensuite* AMBROISE.

MARTEL, *à Ambroise.* Suis cet homme, et que je sois averti de tout ce qu'il fera...

AMBROISE. Oui, monsieur!...   *Il sort.*

MARTEL, *allant à la comtesse qui est évanouie sur le canapé.* Du courage, du courage, madame.

LAURE. Ah! je me souviens... tout à l'heure... ici... mais cet homme... Oh! je veux fuir cette maison.

MARTEL. Si vous vous sentez assez de force...

LAURE. Oui, oui!...

MARTEL. Appuyez-vous sur mon bras.

SCÈNE V

LES MÊMES, LE COMTE DE NERVAL.

MARTEL. Ah! monsieur le comte!..

LE COMTE. C'est trop d'imprudence....

LAURE. Que veux-tu dire?

LE COMTE. Ce billet ne me laisse rien ignorer... Ah! si fait pourtant. (*A Martel.*) Veuillez me dire, monsieur, quel nom mes témoins auront à demander, quand ils se présenteront ici?

MARTEL. Vos témoins... Vous soupçonnez....

LE COMTE. Votre nom... monsieur....

LAURE. Mais c'est monsieur qui m'a sauvée...

MARTEL. Je vous en prie, madame, ne me justifiez pas...

LE COMTE. Tenez, lisez!

MARTEL, *lisant.* « Si vous voulez enfin connaître, l'amant « de votre femme, courez vite avenue de Neuilly, 14.

LAURE. Quelle infamie!

MARTEL. Et c'est sur la foi d'un billet anonyme...

LE COMTE. J'ignore s'il est d'un ami ou d'un ennemi, ce que je sais, c'est qu'il a dit vrai, puisque je vous trouve ici.

MARTEL. N'achevez pas et demandez pardon à votre femme.

LE COMTE. Pardon...

MARTEL. Son amant, moi son amant... je suis son frère!

LE COMTE et LA COMTESSE, *avec effroi.* Son frère! mon frère!

Dixième Tableau.

UNE CHAMBRE CHEZ MARCELLI

Deux lampes allumées sur la cheminée.

SCÈNE PREMIÈRE

MARCELLI, *seul.*

Voyons, je n'oublie rien, non, dans ce portefeuille tout ce qui reste du million de Germaine; Mathilde a été prévenue, elle a dû partir à sept heures pour le Havre où elle doit m'attendre — Mais je ne veux me rencontrer ici ni avec Germaine ni avec ce Saint-Féréol — Deux ennemis, mais qu'importe, demain je serai loin, pourvu que je quitte Paris cette nuit..

SCÈNE II

MARCELLI, AMBROISE, ensuite MAURICE.

AMBROISE. Monsieur Maurice demande à parler à monsieur!..

MARCELLI, à part. Oh! lui, moins que tout autre. (Haut.) Dis-lui que je suis occupé, que je le verrai demain.

MAURICE, paraissant. Non, c'est tout de suite qu'il faut que je vous parle.

·MARCELLI. Pardon, mon cher Maurice, vous savez que je ne vous fais jamais attendre, mais une affaire qui ne souffre aucun retard...

MAURICE. Ma femme m'a quitté.

MARCELLI. Votre femme... Ah! mon Dieu, que m'apprenez-vous là.

MAURICE. Mon enfant est mort.

MARCELLI. Est-il possible !

MAURICE, froidement. Je vais te tuer.

MARCELLI. Me tuer, moi...

MAURICE. Oui, toi, le corrupteur, toi, le voleur.

MARCELLI. Maurice...

MAURICE. Tu allais fuir, n'est-ce pas? la caisse est vide, et l'argent de ta pupille...

MARCELLI. Malheureux !

MAURICE. L'argent de la pupille, l'argent de la caisse, et la femme du caissier, car tu sais où la rejoindre, n'est-ce pas? Oh! je ne viens pas te la disputer!... elle est digne de toi, et toi digne d'elle, mais je veux te tuer pour me venger d'une année de honte et d'opprobre; — Je veux savoir quelle figure fait devant la mort, un misérable de ton espèce.

MARCELLI. Toutes ces injures sont inutiles, c'est un duel que vous voulez, dans une heure mes témoins seront chez vous.

SCÈNE III

LES MÊMES, LE COMTE, puis MARTEL.

MARTEL. Un duel ! qu'alliez-vous faire ?

MARCELLI. Il allait me rendre raison de ses insultes.

MAURICE. Allons donc! vous savez bien que vous ne pouvez répondre à la provocation de monsieur.

MARCELLI. Pourquoi donc ne puis-je y répondre?

MARTEL. Parce qu'on ne se bat pas avec vous.

MARCELLI. On ne se bat pas avec moi...

MARTEL. Allons, la main sur la conscience, si vous en avez une, êtes-vous digne de croiser le fer avec un honnête homme ?

MARCELLI. Mais de quel droit, et qui êtes-vous donc pour me parler ainsi?

SCÈNE IV

LES MÊMES, UN AGENT, GENDARMES.

MARTEL. Marcelli... je suis Paul Davenay.

L'AGENT. Monsieur Marcelli, au nom de la loi, je vous arrête !...

Marcelli le regarde et rebaisse la tête comme s'il n'avait pas compris.

Les gendarmes descendent, s'approchent de Marcelli, qui les regarde comme un hébété... Ils le font lever, il obéit machinalement, sans résistance. Et l'on fait un pas vers le fond quand Germaine se présente à la porte.

SCÈNE V

LES MÊMES, GERMAINE.

GERMAINE. Mon tuteur arrêté? Qu'a-t-il fait?

MARTEL. Ce qu'il a fait? Il m'a fait condamner à mort! et c'est lui qui a assassiné votre père !!!

FIN

CHATILLON SUR-SEINE. — IMPRIMERIE E. CORNILLAC.